夏井いつきの俳句ことはじめ

俳句をはじめる前に聞きたい40のこと

夏井いつき 著

ナツメ社

はじめに

「俳句って楽しい！」

そのたった一言をお伝えするのが、「俳句の種蒔《たねま》き」という活動です。

「俳句をはじめると退屈がなくなりますよ」

「人生が豊かになりますよ」

「認知症予防にだってなるんですよ」

言葉を尽くして説明をします。ところが、俳句のことをあまりよく知らない皆さんから、予想だにしない質問が飛び出してくるものですから、その度に驚愕《きょうがく》するのです。

「俳句には興味があるんだけど、着物を持っていないので」

「俳句って正座しなきゃいけないでしょ？　膝が痛いからねえ」

「筆で字を書くの、苦手だし」

ええー!?　そんなことで躊躇《ちゅうちょ》してるのか！　そんな誤解に満ちたイメージのせいで俳句をはじめようとしてくれないのか……と、ただただ驚くばかり。

そうか、世間の皆さんが俳句をはじめるためには、その前段階として「俳句の扉を開けるための本」が必要なのだ！　と気づきました。

本書は、俳句を全く知らない皆さんから投げ掛けられる質問40を厳選しました。それらはあまりにも素朴過ぎるので、すでに俳句をはじめている人たちにとっては、ちょっと笑える一冊になってしまったかもしれません。が、まだ「俳句の扉」を開けてない人たちにとっては、実に切実な疑問ばかりです。

あなたの近くにいる友人や同僚に、俳句を勧めたいとき。

夫婦で俳句をやると楽しいのに、と思うとき。

親子三世代で楽しみたいなあと思うとき。

職場で広めたいなぁと思うとき。

この小さな本をきっかけに、思い込みに過ぎないハードルが無くなり、高いと思っていた敷居がまぼろしだったとわかる。その向こうには、俳句の扉があります。人生の豊かさを手に入れられるアイテムとしての俳句。ヘタな誘い文句よりも、有効なこの一冊をぜひ、プレゼントしてあげてください。

家族が俳句をはじめました
……
最近、母が
しゃがんで
不動
落ち葉・銀杏
拾うでもなし
ブツブツ
指折り数えて

ハッ
メモメモ
ちょっとでかけてくるワ
急にメモしたり
おしゃれしてウキウキ出かけたり
お母さん、まさか……!!
うんうん、こういうのってウワキが疑われるケースなんだろうけどね、
思うにそれは違うんだよ

まちがいなく俳句にハマってるね
じーー
「しゃがみこんで不動」はネタを探して観察してるんだろうね
「指折り数えて」は文字を数えてるんだろうね
12345 ボールペン とか
12345 いちょうのき とか
「メモ」は句帳っていってね、俳句のネタ帳だろうね
ひらめいたら書く!!
つかんだら書く!!
忘れるから

「ウキウキおでかけ」
は句会だろうね
お酒飲みながらやる句会が
いちばんおもしろいんだから
カンパーイ
おしゃれになる人も
いるけど、ワタシは
足ごしらえシッカリ!!
帽子
リュック
晴雨兼用の
傘は常備
歩きやすい靴

和服着て
短冊に墨で
サラサラと……
ではなく、
足ごしらえ
シッカリ ですか？
家でじーっと
句を考えるなんて
イヤだね
バリ
でも
「プレバト!!」※では
いつも
和服姿……
あれは
スタッフさんたちと
作り上げてる
番組用の姿。
その方が見た目、
俳句の先生っぽい
んじゃないって。

※『プレバト!!』……毎週木曜日の19:00から放送の、毎日放送（MBS）制作のバラエティ番組。
俳句コーナーでは、人気芸人たちが渾身の俳句を披露し、夏井先生が添削・批評をしている。

さあ、
お母さんが
ハマっている
俳句の世界を
のぞいてみよう！
俳句のイメージが
ガラッと変わるよ
語彙ないですし、
季語
知らないですッ
アンタみたいな
人が意外と
いちばんハマる
んだよ
俳句の敷居
なんて
まぼろしだから
安心して
さあ、
ついておいで。

Contents

はじめに……2
巻頭マンガ　家族が俳句をはじめました……4

1章　俳句をはじめる前の素朴すぎる疑問……15

Q1　俳句って五・七・五・七・七でしたっけ？……17
Q2　音ってどう数えるの？……19
Q3　そもそも俳句って何？……21
もっと詳しく知りたい！　五七五のリズムに歴史あり！……23
Q4　季語って何？……25
Q5　各季節って期間が決まっているの？……27
Q6　季語を選ぶ認定機関があるの？……29
もっと詳しく知りたい！　おもしろ季語　最短最長……31
Q7　季語っていくつくらいあるの？……33
Q8　そもそも季語がいるの？……35
Q9　俳句をするのに何が必要なの？……37

Q10 最初はどんな歳時記がいいの？……39
Q11 立派な短冊も必要なの？……41
もっと詳しく知りたい！ これも季語？ 春夏……43
俳句あるあるお悩み対談〈1〉
壁はこうして乗り越えよう！ 俳句前夜のギモンを解決！……45

2章 俳句ってどんな人にむいているの？……51

Q12 昔の言葉で作るの？……53
Q13 俳句ってカタカナを使っちゃだめ？……55
Q14 俳句は五感で作るの？ どういう意味？……57
Q15 俳句をして得することってあるの？……59
Q16 人生の杖って何？……61
もっと詳しく知りたい！ これも季語？ 秋冬……63
Q17 俳句は認知症予防になる？……65

Q18 俳句で賞品や賞金がもらえるの!? …… 67
Q19 私は文系じゃないからできそうもない? …… 69
Q20 外国にも俳句はあるの? …… 71
もっと詳しく知りたい! 句帳あれこれ …… 73
Q21 俳句って古臭いイメージだけど? …… 77
Q22 俳句甲子園って何? …… 79
Q23 兼題って何? …… 81
Q24 当季雑詠って何? …… 83
Q25 「○○」をテーマに一句というお題なら、どうしたらいいの? …… 85
もっと詳しく知りたい! 兼題あれこれ …… 87
Q26 自由律俳句って何? …… 89
Q27 こっそり俳句の練習をしたいなぁ。 …… 91
もっと詳しく知りたい! ちょっとつぶやけば俳句に!? …… 93
俳句あるあるお悩み対談〈2〉
壁はこうして乗り越えよう! …… 95

3章　俳人ってトクベツな人なの？……101

Q28　俳人ってみんな着物を着ているの？……103
Q29　そもそも、俳人って何？……105
Q30　俳号って何？……107
Q31　俳号って先生につけてもらうもの？……109
Q32　どんなふうに俳号をつけるの？……111
もっと詳しく知りたい！　俳号あれこれ……113
Q33　どうやって先生を探すの？……115
Q34　結社って何？　秘密結社みたいで怖いよ。……117
Q35　結社や「いつき組」に入れば、直接俳句を教えてもらえるの？……119
もっと詳しく知りたい！　投句先と句会ライブ……121
投句先一覧……122
俳句あるあるお悩み対談〈3〉
壁はこうして乗り越えよう！　俳句前夜のギモンを解決！……125

4章 句会と吟行に初挑戦！……131

Q36 句会って何？……133
Q37 句会はどこで何時間くらいやるの？……135
Q38 インターネットでも句会ができるの!?……137
Q39 句会には何を持っていくの？……139
Q40 吟行って何？……141
もっと詳しく知りたい！ 季語難読……143

体験記 俳句ド素人が五人集まって吟行と句会を体験してみた……145

おわりに……174

1章

俳句をはじめる前の素朴すぎる疑問

あまりに素朴な俳句素人の疑問

俳句を全く知らない皆さんの
聞きたくても聞けなかった疑問にお答えします。
一緒に俳句の扉を開いてみよう！

聞き手・軽寺

プロフィールは146頁。俳句には興味も関心もなかったが、ひょんなことから「吟行句会」の体験記を書くことに。この際、気になっていることは全部聞いちゃおうと、最近のお母さんの不審な行動を先生に打ち明けたら……。

Q1

俳句って五・七・五・七・七でしたっけ？

五・七・五です。

あ、そっか。十七文字か！

違います。俳句は十七音です。

俳句はリズムのある詩　音で数えます

俳句と混同しがちな、短歌や川柳も音で数えます。

短歌は五・七・五・七・七で合計三十一音。

川柳は五・七・五で十七音。

短歌は音数がそもそも違うということでわかりやすいけど、川柳は、俳句との見分け方が難しいかもしれませんね。

俳句も川柳も十七音の世界最短詩ですが、両者の違いを「季語を季語として認識して使うか、使わないか」と指摘することもできますし、「川柳は人間の営みに、俳句は自然の営みと自然の上に成る人間の生活に、それぞれ重きを置いている」と解説することもできます。

俳句にも無季句（季語のない句）がありますし、俳諧《はいかい》（俳句の昔の呼び名）の「俳」「諧」どちらの文字も滑稽《こっけい》を意味します。かつては滑稽や風刺《ふうし》に特化していた川柳も、現代はかなり詩的な傾向へも広がっており、俳句と川柳の境界線はますます曖昧《あいまい》になってきました。「俳句よりも川柳のほうがつくりやすい」と考えがちですが、それも一概にはいえないのです。

Q2

音ってどう数えるの？

「チューリップ」を
覚えていれば大丈夫！

花の「チューリップ」ですか？

「チューリップ」は五音の春の季語

チューリップは分解すると……

チ　ュ　ー　リ　ッ　プ

「チュ」は拗音《ようおん》。

伸ばす「ー」は長音《ちょうおん》。

小さい「っ」は促音《そくおん》。

それぞれ一音と数えます。指を折りながら、何度も「チュ・ー・リ・ッ・プ」と数える練習をしてみましょう。

例えば「ファンタジー」は何音ですか？

ファ　ン　タ　ジ　ー

正解は五音。

では「ティッシュペーパー」は何音？

ティ　ッ　シュ　ペ　ー　パ　ー

正解は七音。

では、あなたの名前は何音？　数えてみてくださいね！

Q3

そもそも俳句って何？

五七五のリズムと**季語**から成る**世界最短の詩**です。

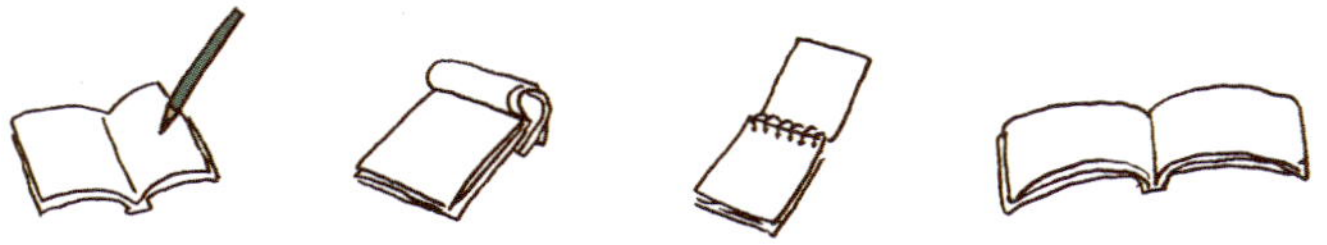
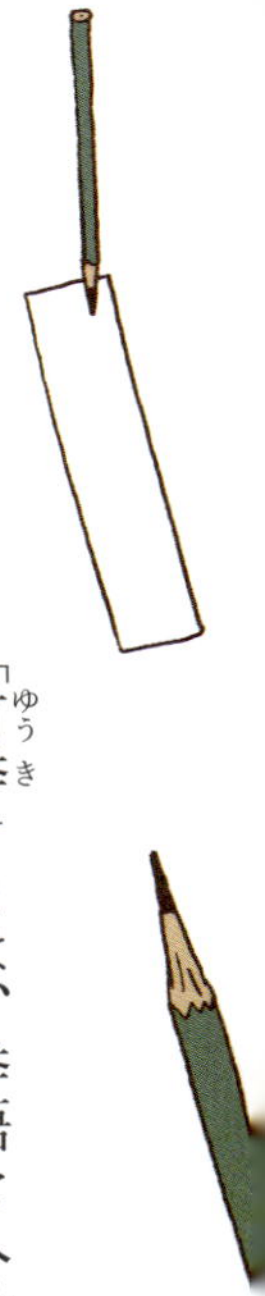

「有季定型」が俳句の基本

「有季《ゆうき》」とは、季語を入れること。「定型」とは五七五のリズム。俳句とは、五七五を基本とした十七音と季語から成る世界最短の詩です。

例えば、一口にお茶といっても、緑茶や紅茶、チャイなどがあるように、俳句にもいろいろとあります。五七五のリズムをあえて破ったもの（破調）、十七音ではないもの（自由律）、季語が入っていないもの（無季句）なんかもあります。が、これから俳句の扉を開こうとしている皆さんが、現時点でこれらの技法を知っておく必要はありません。

ましてや、「季語」のことを「季題」「季《き》の詞《ことば》」「季の題」「四季の詞」とも呼ぶらしいが……などと、今の時点でうろたえなくて大丈夫。このような歴史的な知識もいずれ勉強することになりますが、焦る必要はないのです。

どんな習い事でも、基本をしっかり身につけることが大切。まずは「有季定型」の基礎から着実に身につけていけば、さまざまな型を自在に使いこなせるようになりますし、いつか型破りな技が使いこなせる日がくるかもしれませんよ。

もっと 詳しく知りたい！

五七五のリズムに歴史あり！

俳句とよく比べられるのが短歌。

俳句は五・七・五で、短歌は五・七・五・七・七。

短歌も俳句もどちらも「韻文《いんぶん》」です。「韻文」とは、韻律《いんりつ》を整えた文です。

かつて文字の無かった時代は、歌によって国や一族の歴史を伝承していました。リズムと調べによって、長くて複雑な内容を記憶しやすくする。そんな歌から「韻文」は生まれてきたのです。

「韻文」なんていうと難しそうですが、要は調べとリズムを持った詩です。五音と七音のリズムを使ったラップだと思ってくれてもいい。ラップ特有の繰り返すリズムは、言葉をのせて生き生きとした感情を表現します。ラップなんぞ知らん！　という人は、演歌の一節を思い浮かべてくれてもいいですよ。五音や七音などの歌詞の繰り返しが作る山と谷、それが日本人の心の抑揚を表現し、人の心をつかむ。昔から人々の魂を揺さぶる詩歌には、規則的なリズムのパターンがあったのです。

俳句と短歌、どちらも声に出して味わう詩。

「俳句って何？」って聞かれたら、「もともとは、俳句も短歌も、歌だった」「七音と、五音で作る、日本の詩」なんて、五・七・五のリズムに乗せて答えたら、それこそラップみたいですね。

Q4

季語って何？

季節を表す言葉が季語です。

具体的に教えてください。

春には春の季語！夏には夏の季語！

俳句で用いられる「季語」とは特定の季節を表す言葉を指します。例えば、春は「タンポポ」が咲くし、柔らかい「春の風」が吹く。夏は「汗」をかく。「プール」に行って「日焼け」する。これらはそれぞれ季語です。

さらに、歳時記に載っている季語は次の五つに分類されます。

時候　四季折々の気候。そのときどきの陽気。

天文　天体に起こる諸現象。

地理　地球上の海陸や山川。

人事　人間社会における生活や行事。

動物　獣、鳥、虫など。

植物　草木、花、藻類など。

つまり「たんぽぽ」は春の植物、「春の風」は春の天文、「汗」「プール」「日焼け」は夏の人事の季語です。季節がわかりやすい季語もあれば、春の人事の季語「ぶらんこ」「しゃぼん玉」のように思いがけない季節の季語となっているもの、季語とは思えないもののもあります。

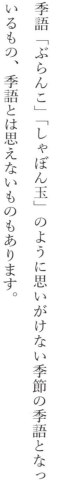

Q5

各季節って、期間が決まっているの？

暦の上ではバッチリ決まっています！

俳句の季節は旧暦です

俳句の季節は、次の五つに分かれます。

春　立春から立夏の前日まで
夏　立夏から立秋の前日まで
秋　立秋から立冬の前日まで
冬　立冬から立春の前日まで
新年　一月一日から十五日まで

毎年二月四日前後が立春ですから、立夏は五月初旬、立秋は八月初旬、立冬は十一月初旬となります。現代の私たちの生活からすると、一ヶ月から一ヶ月半ぐらいはズレているのではないか、と感じる人も多いでしょう。が、旧暦の心持ちで暮らしてみると、季節の声が少しずつ聞こえてくるようになります。五月になると初夏の風に気づく。八月には太陽が心なしか濁りはじめる残暑となり、やがて本格的な秋になると空気が澄み渡ってくることがわかる。季節を先どりする俳句は、ファッション誌の気分ですね。敏感に季節を感じて生きていくのは、心のお洒落。それもまた素敵な生活です。

Q6

季語を選ぶ認定機関があるの？

いいえ、ありません。

じゃあ誰が季語を決めるの？

長い年月の合意で、季語となるのです。

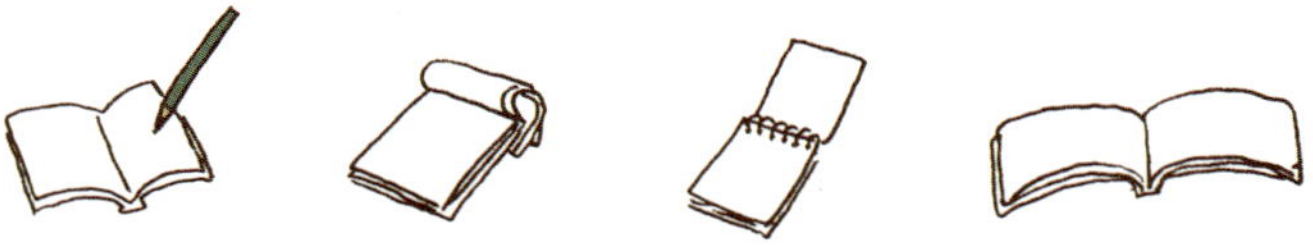

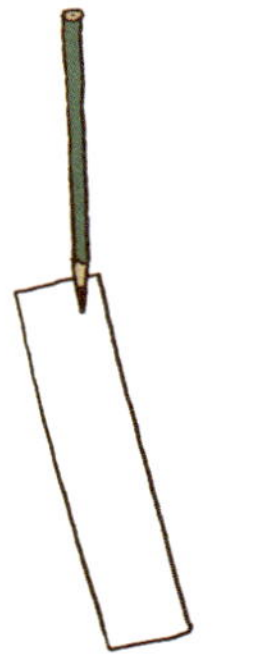

季語は自然発生し
多くの人に認められて季語となります

季語は、認定するのではなく、各時代の歳時記《さいじき》編者が次の基準で取捨選択します。

❶ 伝統的に引き継がれてきた季語

❷ 新しく生まれてきた季語

❸ 誰も使わなくなっている季語

❶の多くはそのまま引き継がれますが、❷については歳時記編者が勝手に季語として採録するわけではありません。例えば、

万緑の中や吾子の歯生え初むる　中村草田男《なかむらくさたお》

「万緑《ばんりょく》」は、夏の野山の緑のことで、中村草田男が考え出した造語です。この句の後、俳人たちが「万緑」を使ったため、次代の歳時記に採録されました。新しい季語が普遍的な季語として認定されるには、「新季語を発案する」→「名句を作る」→「たくさんの人たちがその季語を使うようになる」→「次代の歳時記に載る」というプロセスを踏む必要があるのです。

❸については、「捨てるべき」「捨てるべきでない」と意見が分かれます。

もっと 詳しく知りたい！

おもしろ季語　最短最長

季語って、知れば知るほどおもしろい。そんな季語をいくつか紹介しましょう。

最も長いと思われる季語がこれ。「**童貞聖《どうていせい》マリア無原罪《むげんざい》の御孕《おんやど》りの祝日《いわいび》**（冬）」これだけで十七音をはるかに超えています。

対して、最も短い一音の季語は意外に多いですね。「**藺《い》**」「**鵜《う》**」「**蚊**」「**蛾**」「**夏《げ》**」「**茅《ち》**」「**氷《ひ》**」「**芽**」「**炉**」「**絽《ろ》**」など。

現実には有り得ない想像上の季語もいろいろ。「**亀鳴く**（春）」「**蚯蚓《みみず》鳴く**（秋）」「**竜天に登る**（春）」「**竜淵《ふち》に潜む**（秋）」「**雀蛤《はまぐり》となる**（秋）」「**雪女**（冬）」や「**狐火**（冬）」など。ちょっと使ってみたくなりませんか。

「**花軍**《はないくさ》（春）」なんて季語もあります。桜の花の枝で打ち合って争い、遊ぶことです。今どきこんなことしたら叱られそうですが。

夏の季語である「**百物語**」。怪談を一話語るごとにろうそくの火を一本づつ消していくという遊び。最後、百本目が消えたときに果たして何が起きるのか？　意外とどこかでこんな遊び、まだやっていそうな気がしますねぇ。怖いけど。

Q7

季語っていくつぐらいあるの？

一説では、8000個ともいわれています。

そんなの全部覚えられない！

覚える必要はありません。

覚えるものではなく引くものです

大丈夫です。初心者からベテラン俳人まで、みんなの味方になってくれるのが「歳時記」なんです。

知らない言葉に出会ったり、漢字が分からなくなったりしたら、誰でも国語辞書や漢和辞典を引きますよね。俳句では歳時記を引きます。季語の本意（本質的な意味）を理解したい、季語の傍題（ニュアンスの違う付属的な季語）を知りたい、例句を調べたいと思えば、歳時記を開けばよいのです。

ときどき、「歳時記を勉強して、季語を全部覚えたら俳句をはじめます」なんていう人がいますが、そんなことしていたら時間がもったいない。国語辞典を全部覚えてから創作に入ります、なんていわないでしょ？

歳時記は、季節ごとに、時候、天文、人事、植物、動物などの分類されているものが基本です。中には一月〜十二月の月別に季語を分類しているもの、植物歳時記、鳥類歳時記、食べ物歳時記、地域別の歳時記などもあります。眺めているだけでも楽しい書物なので、もし、無人島に一冊だけ本を持っていけるとすれば、私は大判の写真つきの大歳時記を携えます。

Q8

そもそも季語がいるの？

季語の役割は絶大!!

季語を入れるとどうなるの？

俳句にぐっと深みが出ます。

季語は最大公約数の五感情報のかたまり

季語には、一つの単語「春」「ひまわり」「虫」「寒い」のものもあれば、「春めく」「夏立つ」「行く秋」のような短文的なものもあり、「文化の日」「クリスマス」のような祝日の行事がそのまま季語になっているものもあります。

例えば、夏の天文の季語「風薫る」を考えてみましょう。風ですから、具体的な映像を持ってはいませんが、「風薫る」は、若葉や青葉を吹き渡る印象があります。そうすると、肌に感じる風（触覚）、吹かれる若葉青葉の様子（視覚）やにおい（嗅覚）も刺激されます。「風薫る五月」という慣用句を思い出せば、その向こうに初夏の明るい空を思い浮かべ、五月の風に乗る鯉のぼりを想像する人もいるでしょう。

季語「風薫る」は、この五音のみで、多くの人たちの脳裏に共通のイメージを伝えます。「風薫る」経験をしたことのある人たちの、最大公約数の共感をたちどころに創り出す。いってみれば、季語は五感情報のかたまりなのです。俳句は短いので、季語のこの力を最大限に使って、読者の心に映像や音やにおいを再現します。季語は、俳句にとって強力な武器でもあるのです。

Q9

俳句をするのに何が必要なの？

紙と**鉛筆**だけでＯＫ！

え⁉　それだけ？

今すぐ始められるよ！

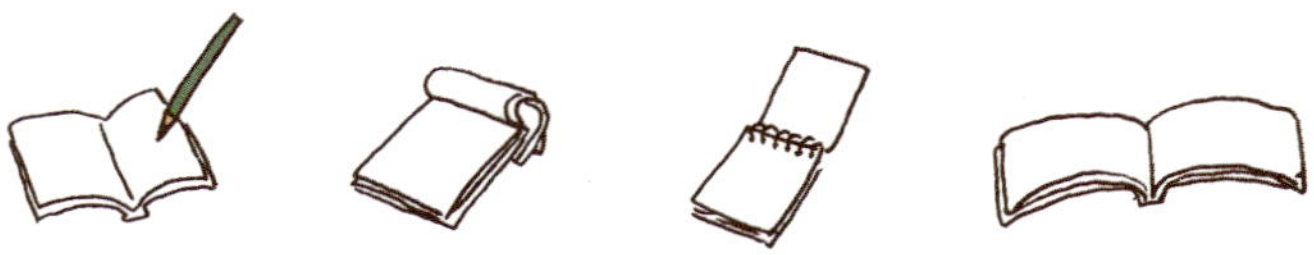
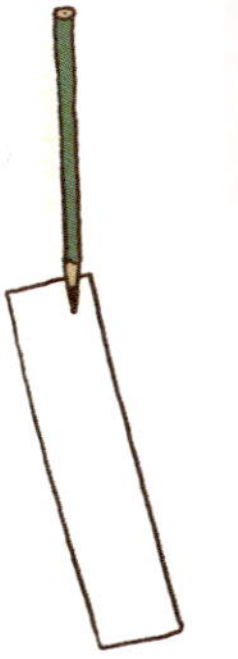

「句帳」という名の紙と筆記用具があればOK

俳句を書くには、紙と鉛筆があればよいのです。

紙はなんでもいい。チラシの裏でも全然ＯＫ！　筆記用具は、鉛筆でもボールペンでも万年筆でもなんでもいい。こんなに準備の少ない趣味ってなかなかないと思います（笑）。

裏が白い紙をクリップで束ねたりホッチキスで綴《と》じたりすれば、それが「句帳」になります。「句帳」とは、俳句のタネをメモしたり、その日に出会った季語を書き留めたりする小さなノート。できれば、ポケットや鞄にいつも入れておきたいので、あまり大きくないほうがいいですね。要は、メモ帳なので、形にこだわる必要はありません。

とはいいつつ、なんでもいいといわれると、かえって迷ってしまうもの。句帳の選び方については73頁からの例も参考にしてください。

最近は、「句帳」「筆記用具」ではなくスマートフォンなどに書き留めている人もいます。また、録音機能を使って、その場でできた句を小声で吹き込む人にも遭遇しました。文明の利器は、好みで使いましょう。

Q10

最初はどんな**歳時記**がいいの？

財布と鞄に相談してください。

サイフとカバン？

大きさと値段で決めればいいのです

「どの出版社のどんな歳時記がおススメですか」とよく問われますが、最初はどんなものを買ってもいいのです。歳時記に書かれている基本的情報はそんなに違わないので、むしろ中身云々よりは、大きさと値段で決めればいいと思います。

歳時記は小さいポケットサイズから、大きな辞典くらいのものまでいろいろありますが、大体千円ほどで、取り敢えずのものは手に入ります。

いつも歳時記は持っていたいから、鞄に入る大きさのものを。そして、自分のお財布が許す値段のものを買えばＯＫです。

春夏秋冬まとめて1冊という少し分厚いのもあるし、各季節が1冊ずつのタイプもあります。季節ごとに一冊ずつ買い揃え、一年経てば全五冊が手に入るという計画も楽しいものです。老眼鏡が必要な人は、活字の大きさも気になるところです。本屋さんで実際にあれこれ手に取ってみましょう。手にしっくりとくる、という感触もまた、歳時記との心楽しい出会いです。

Q11

立派な短冊も必要なの？

そんな立派なものには滅多に書きません。

墨と**筆**は？

普通は使いません。

短冊は使うが
その短冊ではないのです

俳句のイメージは大体決まっていて、昔の言葉、着物、筆、そして短冊。絶対じゃないよ、というと結構びっくりされることが多いことに、こっちがびっくりします。国外の人々が、日本に侍《さむらい》と忍者はまだいる！　日本人はちょんまげなんでしょ？　と思われているのに近いかもしれません（笑）。精神性はともかく、普段の生活で侍は……見ないですよね？

句会では短冊というものを使いますが、文具屋さんに売ってるような立派な短冊ではなく、裏が白い紙をハサミで切ったものを短冊と呼ぶのです。だから、俳句をはじめるからといって、あの立派な短冊を買う必要は全くありません。立派な短冊は要らないから、墨や筆も不要です。いつか、立派な句がつくれるようになり、部屋に飾りたいとか誰かに自分の句をプレゼントしたいとか、そういう日が来るまでは、使うことはないですね。

ちなみに、句会（１３３頁参照）に参加する時に必要なものは、１４５頁からの体験記を参照してください。

もっと 詳しく知りたい！

これも季語？ 春夏

歳時記には「え？ これも季語？」という言葉がたくさんあります。春の季語を例にとれば、**ぶらんこ・しゃぼん玉・風船・風車・磯遊**。暖かな日差しの中で漕ぐぶらんこ、しゃぼん玉のきらきらした光、色とりどりの風船、駆ける子が手にした風車。磯辺で遊ぶ子供たちの歓声。なるほど、ほかのどの季節よりも春が似合うなぁと思いませんか。

春は動物たちの恋の季節。**猫の恋・鳥の恋**も、繁殖期の鳥の鳴き声の**囀**《さえずり》も、恋の結果としての**雀の子・猫の子・馬の子**なども季語。

夏もずいぶん意外な言葉が季語となっています。**ハンカチ・髪洗う・香水**。「ハンカチも香水も一年中使ってるし、髪なんて毎日洗ってますけど？」

と不思議がる人の多い季語。夏は暑くて**汗**をかくので、とりわけ必要……という理由から、これらが夏の季語とされたようです。

船遊・滝見・金魚玉・熱帯魚・箱庭・レースも、船遊びを楽しんだり、滝を訪れて涼しさを体感したり。あるいは、金魚玉や熱帯魚など見るからに涼しげなものを身近に置いたり。テーブルクロスをレースに変えたり……少しでも夏の暑さを忘れるための工夫、ということで季語とされました。

ほかの季節でも行われているけれど、やっぱり夏が最適だよね、という季語の一つが**登山**。**ザイル**や**山小屋**（登山小屋）も季語。**キャンプ**や**ヨット**などもこの部類の季語になります。

ビールや**焼酎**、**甘酒**も夏の季語。「夏はビヤガーデンに行くし、焼酎もなんとなくわかる。でも、甘酒は冬でしょ？」と思われそうですが、甘酒は暑気払いにいい飲み物ということで、夏の季語になったのです。

意外な季語も、それぞれ理由があって季語となっているんですね。

※歳時記によっては、紹介した季語が収録されていない場合もあります

俳句あるあるお悩み対談〈1〉

壁はこうして乗り越えよう！ 俳句前夜のギモンを解決！

趣味で俳句を作る岸本葉子さんと夏井先生の俳句対談です。最初はいろいろと考えすぎてしまって、なかなか句をつくれなかったという岸本葉子さんですが……。

身を清めてからやるべきでしょうか？

岸本葉子（以下岸） 私も今年俳句十年目で……。

夏井いつき（以下夏） へぇ、もう十年になりますか！

岸 最初の一歩を踏み出すまでにウロウロしていたので、超初心者がウロウロしてしまう気持ち、よくわかります。そもそも俳句って、身を清めなきゃできないって思っていたくらいですから。畳に正座して、長い短冊を持って、精神を集中して、というイメージだったんです（笑）。

夏 一般の人のイメージってまさにそれよね。アタシなんか、雑誌の取材で必ずといっていいほど、「俳句を作っているお姿を撮らせていただけますか」って長い短冊が出てきちゃう。「こんな筆ペンで申し訳ございません」とか、謝られて。いまどきそんなポーズして写真撮る俳人いますかね。芭蕉じゃない

岸本葉子 きしもと・ようこ
エッセイスト
1961年神奈川県生まれ。日常生活や旅を題材に執筆。2015年4月よりEテレ「NHK俳句」司会。俳句についての著書は『俳句、はじめました』（角川ソフィア文庫）『俳句、はじめました 吟行修業の巻』（角川学芸出版）『575 朝のハンカチ 夜の窓』（洋泉社）『俳句で夜遊び、はじめました』（朔出版）『俳句、やめられません 季節の言葉と暮らす幸せ』（小学館）などがある。公式サイト http://kishimotoyoko.jp/

んだから。しかし、アナタのその身を清めるとまで思うっていうのは、すご過ぎやしませんか？（笑）

岸　俳句は言葉の極みなので、自分のなかの俗なる物を削ぎ落とし、雑念も削ぎ落として、臨まなきゃいけないのかなって。

夏　そもそも俳句というものを、皆さん多少誤解していますね。俳句は高尚なものっていう思い込みがある。

岸　短い和歌、みたいに思っている。

夏　「俗な言葉、猥雑《わいざつ》な言葉は使いません、雅《みやび》な言葉だけでつくります」っていう和歌に対して、俳句は、あえてそういう俗なものを、庶民の文学として詠んでいこう、っていうことでできたんだから。俳人はむしろ、身を清めちゃいかん！

岸　雑菌もあった方が？（笑）

夏　雑菌がなくちゃいかん！

岸　俗にまみれて、雑菌たっぷりな私でもいいですか？　トレパンでもよろしいんですか？（笑）

夏　トレパンって懐かしいね。

岸　三本線の入った。

夏　ワハハ。トレパンで結構。着物でなくてもいいんですよ。俳句は普段着で、普段の心桃の花（※1）。身についた俗なものは、これすべて俳句のタネ。身が清らかな人は、平安時代に還って和歌をおやりなさい（笑）。

静かなところで作るの?

夏 これもよく勘違いされる。アタシがテレビ局の廊下で、待ち時間に句帳開いていたら、ディレクターの兄ちゃんが足音を忍ばせて、唇にひと指し指当てて、「夏井先生が句をひねってらっしゃるから」って。しぃーんとして、逆に俳句なんか、できん(笑)。

岸 でも、そのスタッフの方の気持ちもわかります(笑)。

夏 俳句や添削のアイデアがほしいときには、まわりの騒がしさ、雑音がネタになるんです。本人は気づいていなくても、たとえばスタッフの兄ちゃんの一言で、あっと驚く解決策がひらめくこともある。「騒いでくれて、ありがとう、兄ちゃん」って(笑)。

岸 あたしも最初はマジメに、辞書と歳時記を前に家で俳句を作っていたんですけれど、句会に出てみたら、そもそも場所が居酒屋で(笑)。誰かしらが喋っているし、料理が来たり、お酒を注文したり……。「わぁ、こんなところで集中できるのかな」って思いましたけど、だんだん慣れて、目の前の、カルパッチョに乗っている貝割菜で一句、とか(笑)。

夏 虚子じゃないけど、眼中のものみな俳句(※2)、すべてが句材なんだと、いっぺん腑に落ちたら、雑音も全く気にならなくなりますね。

岸 しかも、静かな部屋で集中して作った一句がボツで、居酒屋で作った貝割菜の句が選ばれがち(笑)。

夏 吟行すると、二手に別れるよね。心静かに一人で句材を探したい人と、みんなでワイワイワイ歩きたい人と。誰かがつまずいたら、あぁ、つまずきやがったと、勇んで句帳に書くヤツもいれば、境内《けいだい》の裏で人に背を向けて菫《すみれ》を見ているヤツもいる。何も喧《かしま》しいとこで作れとはいわないが、静かなところでしか句はできないって思い込みは止めよう。アタシの場合は、組長と一緒に歩いたらうるさいからって、一人いなくなり、二人いなくなり、最後はアタシ一人になる(笑)。

岸 ある俳人の方とご一緒したときに、ランチをいただきながら、邪魔しちゃいけないと静かにしていたら、先生がいきなり、「生野菜から食べなきゃダメなのよ。『ためしてガッテン』見なかったの?」って(笑)。静かにしなければ、という思い込みがなくなりました。

平凡な毎日。ドラマもポエムありません

夏　アナタが初心者の頃は？

岸　平凡な毎日でした（笑）。うちで原稿書くだけなので、口を利くのは宅配便の人のみ（笑）。

夏　平凡って思うのはさ、大雑把《おおざっぱ》にみるからであって、平凡な日々であっても毎日同じということではないんだよね。季節も移る、お天気も、風のにおいも、気分も、食べるものも全部違う。小さな変化に気づくと、そこに結構なドラマがあって、決して平凡ではない。

岸　たとえば、今日は日差しが強くて、二時間でバスタオルが、まるで板のようにバリバリになりましたとか、そういうこと？

夏　そうですよ。「俳句って大きな感動とか、心揺さぶられる出来事とか、そんなおおごとを題材にしなきゃならん」と思っていたとしたら、これも思い込みですね。「平凡な毎日で俳句ができません症候群」っていうのは夏休みの絵日記と同じ。何か特別なことをしなければ、書けないと思ってる。

岸　「昨日と同じでした」（笑）。

夏　昨日と同じだと思い込んでいるだけで、本当は小さな変化がある。「短歌は三日したら忘れるようなことを詠《うた》う」と聞いて、アタシは「じゃあ、俳句は三十分したら忘れることを詠《よ》む」んだ、と思った。そのくらい小さなことが俳句という器には合う。さっきのアナタの、カルパッチョから貝割菜がこぼれた事件は、三十分後には忘れているよね？そんな小さな瞬間を、わざわざ五七五にして、大事件みたいにおもしろがるのが俳句なんです。庶民の文学ですから、みな平凡な毎日ですよ。そこにドラマを見つけるのが俳句なんです。

岸　「ここに詩があるかしら」とか、「感

気づけると
平凡なんかじゃ なくなるよ

大雑把にみると

性を使って五七五で言い止めなきゃ」とか、思わなくてもいいんですか？

夏　詩があるかしら？　の部分はほとんど季語が担ってくれる。なんてことない出来事と季語との取り合わせが、自ずと詩を発してくれる。下手に自分でポエムを込めようとすると、大概、失敗する。

岸　すぐに〝夢〟とかいいたくなる。「夏休み高原列車に夢乗せて」。私って、凡句製造マシーンなんです（爆笑）。

夏　ワハハ。そういやこないだも、クリスマスの類想句のことを二人で話していたら……。

岸　「クリスマス鈴を鳴らしてプレゼント」（笑）。

小さな瞬間を
貝割菜
大事件みたいに切り取る

感性がないと俳句はつくれない？

夏　むしろ、下手に感性に頼らないほうが無難だよ。三十分で忘れるようなことをコツコツ書いていく根気さえあればいい。そして、俳句を作っていれば自然と感性が磨かれる。感性がない人こそ俳句をやればいい。

岸　語彙《ごい》はあった方がよろしいんじゃないでしょうか？

夏　Q＆Aにも出てきたけどさ、俳句をはじめられない人の、3つの言い訳っていうのがあってね。「感性がないから」、「語彙がないから」、「教養がないから」。違う、違う。俳句はたった十七音だから、語彙や教養で埋めようとすると、かえってかさ張り過ぎるんです。

岸　また凡句が浮かびました（笑）。「秋の日や半跏思惟《はんかしゆい》の掌《たなごころ》」。

夏　「はんかしゆい」で六文字、ああ埋まった埋まったみたいな（笑）。

岸　教養があり、語彙もありと自負する人がつくりそうな凡句（笑）。

夏　うふふ。学校で句会ライブやると、先生がたが驚いてくださるのは、成績がすごくいいわけでもない、全然目立たない子たちが上位に残ってくることね。じゃ、なんで能力があると思

ふっくら美味しそうと 上から見るか
「よもだ」視点で 見るか

われている子たちは残りにくいかというと、大体これぐらい書いときゃ先生は喜ぶだろうと、探ることができてしまうから。逆に類想のど真ん中をいっちゃって、みんなが同じような句を出してくる。俳句が楽しくなって、もっと学びたいという向学心に繋がっていく前に、小手先の技で俳句らしいものをつくろうとすると、小難しい言葉並べて作った気になっちゃうんだよね。感性、語彙、教養。むしろ、3つ揃ってない人がいい。もう1ついうと、ヘソが曲っているともっといい！

岸　素直な心で自然を見ましょうと、よくいわれますが？

夏　俳句って、結局、オリジナリティーとリアリティーなんです。素直な心で観察するのはリアリティーを見い出す態度だけど、オリジナリティーには別の態度で臨まないと。松山の方言では、それを「よもだ」という。「よもだ」とは、物事を素直に真っ直ぐ見ないこと。斜めから見たり裏から見たり、「あいつは〝よもだ〟じゃけん」といわれる人は、つまり、へそ曲がりなんだけど、人と同じものを見ず、同じことをいわず。それが俳句的好奇心、オリジナリティーの素。

岸　例えば鯛焼きを見ても、ふっくら美味しそうに見える上からは見ずに、尻尾の合わせ目を見る。

夏　合わせ目がズレとる、で一句。

岸　それならやれそうな気がします。

※1「ふだん着でふだんの心桃の花　細見綾子」（『新日本大歳時記』／講談社）
※2「秋風や眼中のもの皆俳句　虚子」（『五百句』／角川文庫）

2章

俳句ってどんな人に むいているの？

俳句にむいている人ってどんな人？

イメージとしては、文系で語彙が豊富で、情感豊かな……？
違う違う、それは大きな誤解です。
思いもよらない人が、ものすごい句を詠んだりするのが俳句のおもしろさ。
いらぬ心配して怖じ気づいているなんて、もったいないよ！

Q12

昔の言葉で作るの？

昔の言葉でも、**今**の言葉でも**OK**です。

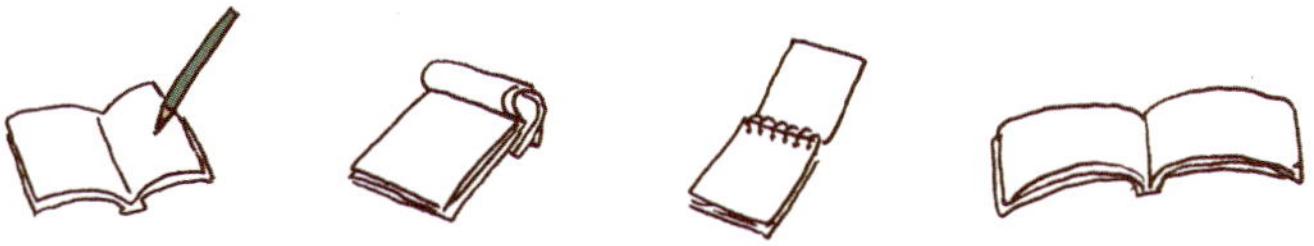
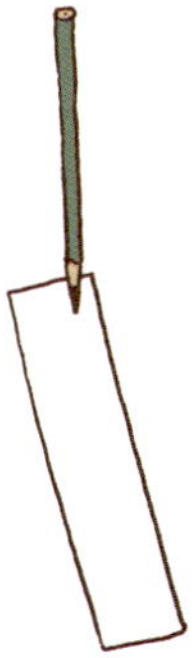

口語でも文語でも作ってみましょう！

昔の言葉とは、昔の書き言葉を指しているのだと思いますが、それらは「文語」と呼ばれます。それに対して、今の言葉は「口語」といいます。

教科書に出てくる文語の俳句のイメージが強いので、俳句は「や」「かな」、「けり」などを使うと思われていますが、口語で作る作家もたくさんいます。

赤蜻蛉筑波に雲もなかりけり　正岡子規《まさおかしき》

ビル壊します春だから春だもの　夏井いつき

子規の句はこんな情景です。筑波の空を赤蜻蛉《あかとんぼ》が飛んでいる。空は雲ひとつない秋晴れで、風もなんと気持ちいいことか。子規の呟きが、五・七・五のリズムによく合っています。「けり」は、びっくりマークのようなものです。

夏井の句は、街中のビルが取り壊され、新しいビルが建ちますよ、もう春ですよ、という風景。五七五のリズムからはみ出した現代語のつぶやきに、春が来たウキウキ感と、未来への希望を感じて貰えたら嬉しいです。

文語と口語、それぞれのよさを知り、どちらも使ってみましょう。

Q13

俳句ってカタカナを使っちゃだめ？

俳句は**何をやってもOK**です。

カタカナや記号を使った句もあります。

俳句でやってはいけないことはない！というのが私の持論です

俳句は、たった十七音の詩への挑戦です。私のマネージャーという名の夫、兼光さんも、いろいろな試みをしています。

ゴルゴダの石の凸凹月青し　加根兼光

ゴルゴダは聖書によれば、キリストが磔《はりつけ》にされた丘の名。「石のでこぼこ月青し」では、石の町の角ばったイメージが、全く浮かんできませんね。

夜寒し二万哩のソナー音　加根兼光

この句は反対に、「二万マイル」とカタカナにしないで、「哩《マイル》」の漢字を使うことで、海底の映像を深々と心に浮かび上がらせます。

霾や＊に続く文字　加根兼光

「＊」はアステリスクという記号です。一字で六音ですから、見た目がとても簡潔です。黄砂煙る砂漠の空に、ぽつんと光る星のようにも見えます。

C2棟北東角の落花かな　加根兼光

アルファベットを使っても、数字と組み合わせたりすると、またずいぶん雰囲気が変わります。こんな冒険や挑戦ができると楽しいですよ。

Q14

俳句は五感で作るの？
どういう意味？

全ての情報は、
五感から入ってくるのです。

脳は暗闇の中にある
ブラックボックス

脳に入ってくる情報は、すべて私のたちの五感が伝えます。

目＝視覚　耳＝聴覚　鼻＝嗅覚　皮膚＝触覚　舌＝味覚

これらの五感のアンテナがキャッチした情報が、脳に伝わり、脳内で言葉に変換され、俳句となってアウトプットされるのです。また、脳内では、プラス想像力が働きます。私はそれを、「五感＋第六感」と呼んでいます。つまり、見える、聞こえる、触れる、嗅《か》げる、味わえる、想像できる。すべてが、俳句のタネを探すためのアンテナとなります。

例えば、家から仕事場まで、学校まで、道すがら咲いている花にはどんなものがありますか？　俳句をはじめると、眼球には映っているのに、認識はしていないものに気づき出します。いつも使っている手帳や携帯はどんな色で、どんな感触がして、どんなにおいがするか。今日の夕飯は何だったか。学校の友達の髪型が変わったとか、テストや営業の成績が悪かったとか、そんな毎日のことが十分に俳句になる。目が覚めてまた眠りにつくまで、いや夢の内容みたいなファンタジックなことまでもが、俳句のタネになるのです。

Q15

俳句をして得することってあるの？

人生に**退屈という言葉がなくなる**よ。

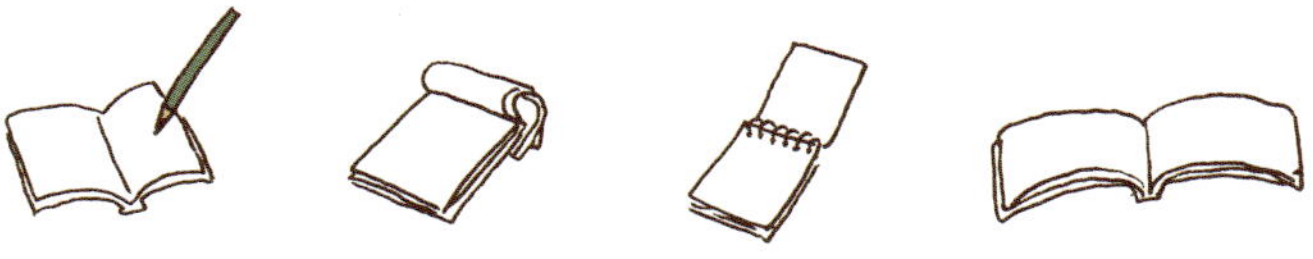

日常生活が豊かになり人生の杖となります

俳句をはじめると、家族の行動一つや、ペットの習性、思わぬ出来事、育てている植物、何気なく接してきたすべてが俳句のタネになります。

例えば、約束の相手が時間どおりにやってこないとき、普通ならストレスが溜まりますが、俳人たちはイライラするより俳句のタネを探し始めます。見上げた空に亀のような雲が動いていた。女子高生が手にアイスキャンデーを持っていた。救急車が通った。焼芋のにおいがした。それらはすべて俳句のタネです。さらに、「待つ時間」という特別な時空間を、俳句のシチュエーション・ドラマにしてみるのも一興。あなた自身が主役になったり、演出家になったり。さまざまな妄想を膨らませるうちに時間は過ぎていきます。

弐時間は待つと決めたる春の雲

サイレンの音遠ざかる秋の声

「待ち合わせだからこそ詠める句」があります。「ああ、秋なのね」と、しんみりする音はすべて「秋の声」という季語に詠めます。待っている間に五感を使えば、「え、これも季語!?」と意外な出会いがありますよ。

Q16

人生の杖って何？

人生しんどいときに
ちょっと支えてくれる、**心の杖**だよ。

骨折したら松葉杖
心が折れたら俳句ですよ

怪我をしたり、足腰が弱くなったりしたら、杖を使いますよね？　富士山などの険《けわ》しい山に登るときも、金剛力《こんごうりき》の出る「金剛杖」をつきます。あなたが人生で苦しいとき、弱ったとき、支えとなる杖があれば、ほんの少し楽になります。人間関係の辛いことも俳句にしたら、不思議と心が軽くなります。俳句の登場人物にすれば、苦手な相手を丁寧に観察し、相手の言葉に素直に反応できるようになります。するとあなた自身もずっと楽になれるんです。

これは深刻な一例ですが、ある人が離婚して、人生のどん底で、打ちのめされた気分のとき、壁の落書きの「死ね」という文字に最後の一撃を食らったようなショックを受けたそうです。「かろうじて俳句にして乗り切ったから、今、自分はここにいるんです」と話してくれました。

落書きに死ねと言はるる余寒《よかん》かな　　或人

余寒とは、寒が明けてもなお寒いという春の季語。寒さに耐えて春を待つように、辛いことが通り過ぎるまでじっと耐えて待つ心が込められています。これが、「落書きに死ねと言はるる春の風」なんて境地になればもう大丈夫。日記に書いておけば、一年後の自分が「頑張ったね」と、ほめてくれるでしょう。

もっと 詳しく知りたい！

これも季語？ 秋冬

夜なべ（**夜業**）といわれると「母さんが夜なべして手袋編んでくれた〜」の歌を連想して、冬の季語だと思う人もいそうです。でも、夜なべは秋。秋の**夜長**を利用して農家や職人が夜も仕事をしたことから、秋の季語となったようです。さらに、夜なべをするとお腹が空く！というわけで、**夜食**も秋の季語。

夏の季語に焼酎や甘酒がありましたが、秋は**どぶろく**（**濁酒**）が季語となっています。**新米**を炊いて作ることから秋季とされたようですが。そういわれると、秋の夜長に飲むにふさわしい気もしてきます。

冬はやはり寒さや風を防ぐという意味合いで季語になっているものが多い

ですね。

たとえば、**蒲団《ふとん》・毛布・屏風《びょうぶ》・襖《ふすま》・障子《しょうじ》・絨毯《じゅうたん》**。毛布はさておき、襖や障子が季語なんて、ちょっと戸惑ってしまいますけどね。変わったところでは**フレーム（温室）**なんていう季語も。

冬には身も心もあたたかくなるようなものを食べたい！　というわけで、**寄鍋**や**ちり鍋**など鍋物全般が冬の季語。さらに、**鯛焼・今川焼**も実は季語。鯛焼は江戸時代にはなかったから、新しい季語といえなくもない。

今は季語ではないけど、もしかしたら将来はクラムチャウダーやグラタンが冬の季語になったりするのかも！

※歳時記によっては、紹介した季語が収録されていない場合もあります

Q17

俳句は**認知症予防**になる？

科学的なデータもあるんだよ。

俳句は脳トレよりも効果がある！

朝日新聞2007年6月9日の夕刊に、こんな記事が載っています。

「俳句を詠むと、脳の『司令塔』と呼ばれる前頭前野が刺激され、強く活性化することが松山市の研究グループの実験でわかった……」

認知症の予防や改善などに効果があるといわれる「脳トレ」（計算問題や単語クイズなど）をやっているときよりも、俳句を詠んでいるときの方が、「脳の血流量が増した」、というデータが出たんです！

実は私も頼まれて、この実験に参加しました。その結果は、プロの俳人も初心者も全く変りなく脳の血流が盛んになったというのですから、俳句を作りはじめたその日から、経験に関わりなく脳が活性されるということですね。

俳句のタネを探すときは、視覚だけでなく、耳を澄まし、においを嗅《か》ぎ、手で触れ、舌で味わい、心で感じ、五感すべてを使います。さらに見つけた五と七の言葉や季語を、パズルのように組み合わせる脳作業も行います。嘘だと思うなら、認知症を予防したいご家族と一緒に、俳句をはじめてみませんか？

Q18

俳句で賞品や賞金がもらえるの⁉

入賞したらね！
片っ端から応募してみたら？

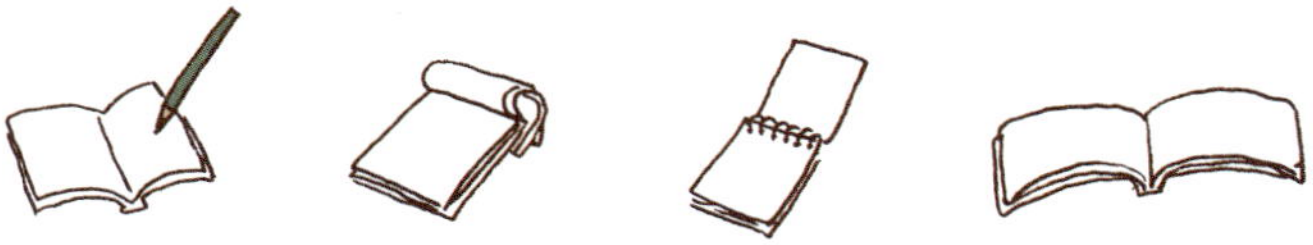

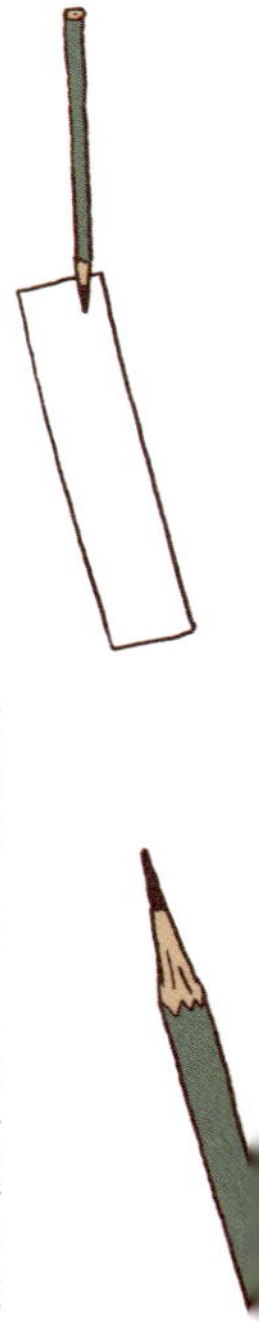

宝くじは100％運だけど俳句は……！

全国的に有名な公募の俳句賞に、「伊藤園 お～いお茶新俳句大賞」がありますね。以下のような賞金とともに、伊藤園の「お～いお茶」のラベルに作品が掲載されます。日本中の人がホッとしてお茶を飲みながら、あなたの俳句を読むわけですから、選ばれたらすごく嬉しいでしょうね。

一例を挙げると文部科学大臣賞・賞金五十万円　大賞・賞金二十万円　優秀賞・賞金五万円　審査員賞・賞金三万円　後援団体賞・賞金二万円　都道府県賞・賞金五千円（これ以下の賞に賞金はありませんが、作品掲載や賞状はあります）などがあります。

まとまった作品が作れるようになれば、俳壇賞（三十句・賞金三十万円）や角川俳句賞（五十句・賞金五十万円）などに挑戦してみましょう。これら以外にも、公募関係のガイド本やウェブサイトを探せば、数多くの俳句賞が見つかります。入賞には運も必要ですが、俳句は何歳ではじめてもうまくなる可能性のある趣味ですから、実力がものをいう俳句賞に挑戦するのは十分やりがいがある人生、といえます。

Q19

私は文系じゃないからできそうもない?

俳句はむしろ**理系**の人が強かったりする!

文系の人は言葉に頼りすぎないで！
理系の人は計算と直感を武器にして！

たった十七音しかない俳句では、言葉の足し算、引き算、いや掛け算も必要です。と聞けば、意外と理系の人が上手に俳句を作れるんじゃないの、なんて気がしてきませんか？ 私が、「俳句いかがですか？」とお勧めすると返ってくる定番の台詞に、「私は文系じゃありませんから」というものがあります。

十七音という短い詩だからこそ、だらだらと言葉を飾ることはできません。（自称）文学青年の語彙の多さが逆に災いして、ムダな言葉で飾り立てたような句になってしまうこともあるんですね。私は、「言葉の経済効率を上げる」といっていますが、それは理系の人のほうが得意なんじゃないでしょうか。俳句には、パズルを解くような側面もありますから、言葉や映像を多面的、立体的に組み立てられるコンピューターみたいな頭脳の人こそ、俳句にむいているといえます。直観力も必要です。季語を見た瞬間の第一印象のつぶやきは、机の前で延々と言葉をいじくりまわして作り上げた句より、はるかに新鮮で素晴らしいと、俳句を作りはじめたらすぐに実感すると思います。

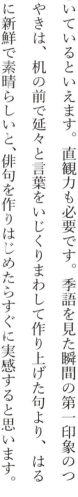

Q20

外国にも俳句はあるの？

世界各国に俳句ファンがいるし、子供たちが俳句に取り組む学校も多いよ。

通称は？

そのものずばり、**HAIKU**です!!

俳句は地球を救う!?

食文化である香辛料やお茶が大陸から大陸へ、国から国へと伝わり、世界中に広まって、人々の暮らしになくてはならないものとなっていったように、俳句という日本文化が世界中に広がりつつあるのは嬉しいかぎりです。

俳句における「調和」に魅せられ、オランダ語でＨＡＩＫＵを詠み、各国語で句集を出版し、世界の平和に貢献されている元ＥＵ（欧州理事会）議長ファン・ロン・パイさんは有名です。アメリカ、ヨーロッパ、ロシア、アジア、アフリカなど、ＨＡＩＫＵの授業を行う学校も増えてきました。島国日本が災害と戦いながら田畑や海を守り、自然と一体となった暮らしの中で生まれた詩が俳句です。ＨＡＩＫＵの普及が自然保護活動と手を取り合いつつ広がっていき、世界中の人々がＨＡＩＫＵに親しみ、自然と共に生きる心を育んでくれたら、素晴らしいと思います！

日本語以外のＨＡＩＫＵの形は、それぞれ母国語のルールで違います。英語で五音・七音・五音と作ると日本語より長くなり、日本語に訳すには工夫が必要です。四季の無いウガンダでは、季語を使いません。

もっと 詳しく知りたい！

句帳あれこれ

句帳はどんなものでもいい、と言い切ってしまうと、逆に迷って困っちゃうのが人情。でもね、ほんとにどんなものでもいいんですよ。どこかでもらったメモ帳でもいいし、裏が白い紙を適当な大きさに切って重ねてクリップで止めただけでも十分使えます。

いつでもどこでも持って歩けるように、「ポケットに入る大きさのモノ」というのがたった一つのアドバイスです。

とはいっても、「形から入るタイプです」という人は、俳句やってるっぽい雰囲気を醸し出すことが先決でしょうから、俳句関係者の何人かにリサーチしてみました。

【職業：ライター／ローゼン・千津の場合】

◆**特製の「吟行手帖」**。５４０円。

◆**京都ＨＡＲＵＢＥの「俳句帳」**。５１８円。
罫線に〝京刷りもの〟インク「京ゆば色」を使用しているのがお洒落！

◆**京友禅で染め上げた本革の句帖カバー**。５１３０円。

◆**角川俳句ライブラリーの「わたしの俳句手帖」**。１０８０円。
定番もの。名句百二十句・季寄せ・文語文法表・二十四節気七十二候など実作に役立つ情報を掲載。雨や汚れに強いビニールカバーつき。

◆**俳句雑誌の付録（春夏秋冬号）の「季寄せを兼ねた俳句手帖」**。
付録といえど、これが意外と便利。

◆**コクヨ「キャンパスノートＡ7ドット入りＢ罫（三十枚）」**。46円。
とにかく安い！　胸ポケットに入るサイズ。ドット入りだから縦書きにもしやすい。節約好きな方にお勧め。

【職業：会社員／美杉しげりの場合】

◆**デルフォニックス社の「ロルバーン」**。Lサイズで464円（各種サイズあり）。

方眼ノートだから、自由に使えてキレイに書ける。メモやら地図やらいろいろ収納できる透明ポケットが、かなり便利。手書き句帖のよい点は、一字一字手で書くと、季語や俳句を覚えやすく、忘れにくいこと。

【職業：主夫／伊藤久夫の場合】

◆**EVERNOTE**（ノートアプリ）。

メモした俳句が自動的にクラウドに保存されるので、スマホ本体を買い替えても俳句は引き継げるし、パソコンとも共有できる。スマートフォンなら暗い場所でも書ける。書き間違いが無く、字が見やすい。ペンや鉛筆を使わないぶん、身軽。

【職業：無職／阿曽啓一の場合】

◆**愛媛マンダリンパイレーツのメモ帳**。縦12センチ程度×幅10センチ程度。

定年退職後、俳句をはじめた当初は自分の勤めていた製薬会社のものを使っていた。今は野球好きの友達からもらったメモ帳に変更。考え事や買い物のメモもでき、使った後ピリピリと切り外せるので、俳句や俳句のタネと、それ以外を仕分けるのに便利。

【職業：俳人／夏井いつきの場合】

◆句友でもあり、印刷屋でもあった**草心さんが、生前に大量製作してくれていたA6版の句帳**。

一ページの上半分がメモのための余白。下半分に罫線が入っていて、十句書き込めるようになっている。ポケットに入れにくい大きさだが、俳句だけではなく、仕事上で思いついたことや心覚えのメモなどもガンガン書き込める。

※価格は2018年10月現在の税込み価格です。

Q21

俳句って**古臭い**イメージだけど？

それは**古臭い誤解**です。

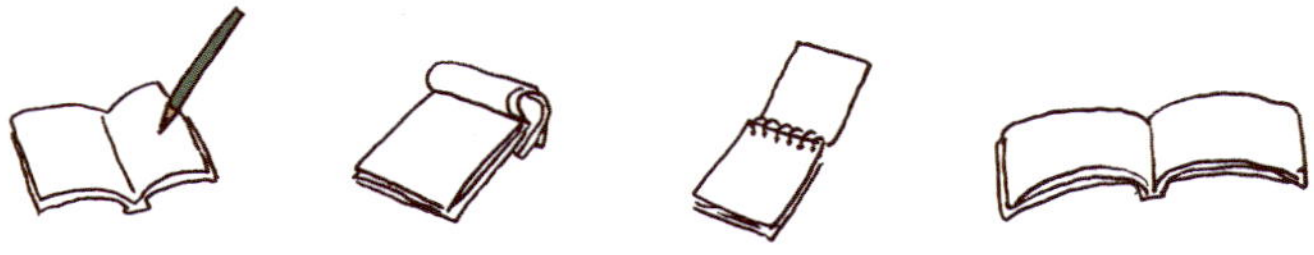

俳句に対するイメージのなかの“古臭い成分”を分析してみた

なぜ俳句には古臭いイメージがあるのでしょうか？　松尾芭蕉が、杖と傘を持って旅をしているイラストの横に、美しく崩した草書体で「荒海や～」なんて句が載っていたりすると、俳句って読みづらいもの、というイメージが湧いてきます。字が読めても、「佐渡によこたふ天河」の、「よこたふ」の発音は？　「天河」って何？　という人もいそうです。つまり、「古い言葉使い」から、〝古臭い〟イメージが湧くのかもしれません。

それから、俳句は老人の趣味、というイメージでしょうね。でも、私の句会ではお嫁さんがまず俳句にハマって、「お姑さんをむりやり引っ張ってきました」、なんて素敵な話もよく聞きますよ。また、私の地元愛媛新聞には「集まれ俳句キッズ」という投句コーナーがあり、県内の小中学校から元気な俳句が送られてきます。松山で夏開催の「全国高等学校俳句選手権（通称俳句甲子園）」には、北海道から沖縄まで、全国の高校生が集まってきます。

駅を行きかう若い人も、目や耳が不自由な人も、子育て中のパパママから祖父母まで、誰でもできるのが俳句なのですよ！

Q22

俳句甲子園って何？

甲子園は、高校生の野球大会。
俳句甲子園は、高校生の**俳句大会**。

意外にポップ!? 高校生ヒーロー・ヒロイン誕生！

俳句甲子園のホームページのタイトルには、「高校生にしか語れない俳句がある」とあります。十七歳には十七歳の俳句。六十歳には六十歳の俳句。その年代にしか語れない境地があります。若い頃読んでいたドストエフスキーの『罪と罰』や、夏目漱石の『こころ』を、今読み返すとまた違った感想が湧いてきますよね。さらにホームページを読んでみます。

「俳句甲子園は、愛媛県松山市で全国大会が開催される高校生のための大会です。一般の俳句大会と異なるのは、五人一組のチームで参加すること。また、議論による俳句の鑑賞力を競うところです。俳句の出来映えだけで競い合う俳句大会とは異なり、高校生自らが参加し、楽しめる大会です……」

毎年六月に各地で地方大会が行われ、勝ち抜いた三十余チームが、八月に松山へ集います。高校生だからと侮《あなど》るなかれ。驚くほど斬新《ざんしん》かつ真摯《しんし》な俳句が生まれ、手に汗を握るドラマが繰り広げられます。いちばん感動するのは、対戦相手の俳句に対する尊敬と称賛の言葉に溢れていることと、俳句を読み込み、よさを伝えるために知恵を絞り、言葉を尽くし、助けあう姿です。

Q23

兼《けん》題《だい》って何？

句会の前に出される題のこと。季語が多いよ。

お題は句作のヒントです
越えなきゃいけないハードルじゃない！

ちょっと難しそうに聞こえますが、簡単です。みんなが同じ兼題で詠み比べるか、好きずきに自由題で詠むか、の違いですよ。ちなみにその席でいきなり出される兼題を「席題《せきだい》」といいます。いちばん簡単な俳句の作り方「取り合わせ」をお教えしましょう。その日の体験や、その場で見たものと「題」を「取り合わせ」ればあっという間に一句ができます。

1、兼題が「春風」だったとします。

2、こんな室内に、春風なんか吹いてないよ!? と焦ってはいけません。

3、心静かに、今朝あなたが何を食べたか思い出しましょう。寝坊して食べずに家を出たなら「春風や今朝は食べずに飛び出した」。

4、隣の席の人は何をしていますか？ 俳句を考えながらボールペンを回していたら、「ボールペンくるくる回す春の風」。

5、もうわかりましたね？ 体験や見たものを十二音の俳句のタネに、残る五音の「兼題」を「取り合わせ」たら十七音の俳句になります。

6、歳時記の季語を探せば、五音の季語の例がいっぱい見つかりますよ。

Q24

当《とう》季《き》雑《ざつ》詠《えい》って何？

今の季節の季語から、自分の好きな季語を選んで俳句を詠むことだよ。

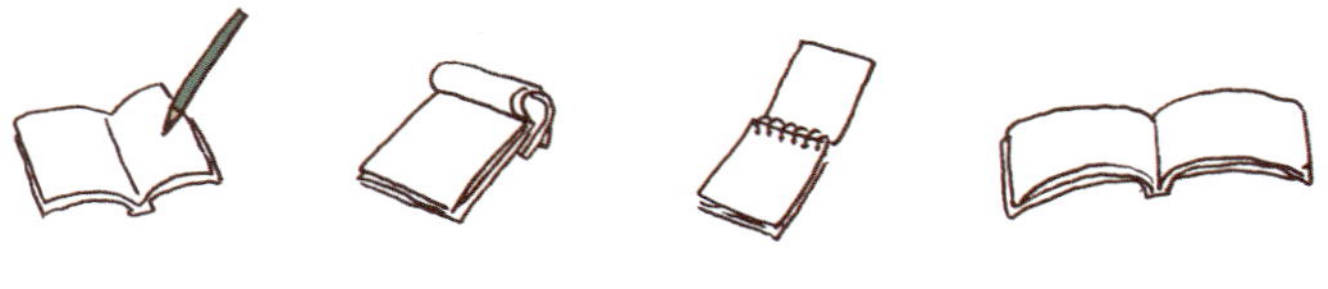
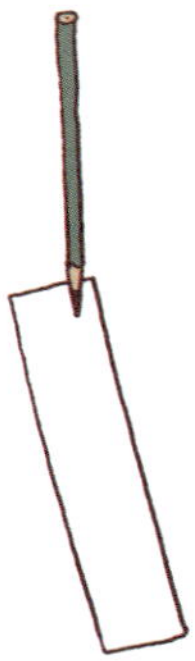

着せ替え感覚で取り合わせるだけ！

五と七の言葉をつなげて十二音をつぶやき、ぴたりとハマる季語を、歳時記を開いて、着せ替え感覚で片っ端から取り合わせてみればいいだけです。

カタログ雑誌を見たことがあるでしょう。家具や小物、キッチン用品、アクセサリーなど。たとえ買わなくても、カタログを見るのは楽しいものです。今度はどれにしようかな、と頭のなかで、とっかえひっかえ試すのは楽しい時間です。私にとっては、歳時記もカタログのようなもの。しょっちゅう開いて遊んでいます。では、「今日は靴ズレして悲しかったの」という娘のつぶやきに、どんな季語を取り合わせたら、悲しくない、素敵な思い出にしてあげられるでしょう？　試みに季語を選んでみましょう。

靴ずれの街の彼方に虹立ちぬ

靴ずれのかかとひりひり夕焼けす

靴ずれに泣いて苺に泣き止んで

虹、夕焼け、苺《いちご》、三つとも素敵な夏の季語です。たかが靴ズレ一つでも、うんと素敵な思い出の一句になったりします。季語と遊んでみてください。

Q25

「〇〇」をテーマに一句というお題なら、どうしたらいいの？

〇〇について詠むってこと。

〇〇って言葉を使ってもいいの？

使わないほうがカッコイイかも。

「愛をテーマに一句」なら「これって愛だな」と感じられる句に

「テーマ詠《えい》」なんて言葉を聞いたことがありますか？

テレビの俳句番組などでも、〇〇をテーマに一句、写真を見て一句、なんてお題が出ています。実は、お題やテーマは句作をするための「ヒント」なのです。何もないところから一句ひねり出すよりは、愛のある場面ってどんな場面？　と、考えはじめるきっかけになります。男女の愛？　親子の愛？　友愛？　動物愛？　人類愛？　などと想像力が羽ばたきはじめます。広い意味で愛を感じさせる場面なら何を詠んだっていいわけです。愛の神キューピッドの描かれた漫画本や、ハート形の雲を詠んだっていいのです。「愛」のつく季語もありますよ。バレンタインデーのことを、「愛の日」なんて言い換えてみましょう。まずは身近なところから俳句のタネを見つけましょう！

毛糸編む六十一の息子にも　（母の愛。毛糸：冬の季語）

妹も兄も苺の匂いかな　（子への愛。苺：夏の季語）

お隣の門の前まで紅葉掃く　（隣人愛。紅葉《もみじ》：秋の季語）

愛の日や和牛ステーキ特売日　（お肉愛。愛の日：春の季語）

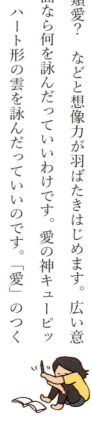

もっと 詳しく知りたい！

兼題あれこれ

句会では、あらかじめ決まった「お題」で俳句を詠むことがあります。「兼題」とは、その題のこと。季語が選ばれることが多いけれど、季語ではない言葉やテーマが出題されることもあるんですよ。

たとえば「次回は【薫風】で作ってみましょう」とか「【雲】という字を詠み込んでみましょう」とか。ときには「カタカナの【フ】を使って一句！」なんてことも。

季語なら、もちろんそのまま詠めばいいけれど、そうでない場合はちょっと工夫しても楽しいですね。たとえば【雲】？　春の雲、雷雲、あかね雲。これらはすぐに思いつきますが、雲梯《うんてい》、雲呑《わんたん》となると「おお、そう来たか！」

と読む方も嬉しくなります。

【フ】はどうでしょう。フリージアやスノーフレークは季語。フィギュア、フラダンス、フリル、フラスコ、フランス……お酒好きならジンフィズとか。語頭に「フ」のつく言葉が浮かびがちですが、語中に「フ」のつく言葉を探して、一句作れば驚かれるかもしれません。この手の兼題は、脳をフル回転させてオリジナリティーで勝負してみたいですね！

Q26

自由律俳句って何？

五七五じゃなくて、自由な律（リズム）で詠んだ俳句だよ。

五七五や季語にとらわれないのが自由律俳句です

咳をしてもひとり　尾崎　放哉《ほうさい》

放哉は放浪の俳人。一人ぼっちで道を歩く姿、一人で座るがらんとした四畳半が浮かんできます。咳が空ろに響いても、「あら大丈夫？　風邪引いたの？」と心配する人もいません。人間は一人で生まれ一人で死ぬのだなあ、という感慨がわきます。ほかにも、短い俳句もあれば、長い俳句もあります。

陽へ病む　大橋裸木《らぼく》

無礼なる妻よ毎日馬鹿げたものを食わしむ　橋本夢道《むどう》

長い句は二十三音もあります。戦時中は食糧不足で、芋なら芋ばかり食べました。妻だって、お肉やお豆腐や卵が手に入れば、すき焼きをつくりたいのです。夫もそれはわかっていて、本当に無礼な妻だなんて思っていませんが、「無礼な妻なんて、ひどいじゃないの！」と、可愛い妻が目を吊り上げたり、夫をぶつ真似をしたり、二人で笑ったりしたかったのでしょう。

凡《おお》そ天下に去来《きょらい》程の小さき墓に参りけり　高浜虚子

この句は、「上五の字余りはＯＫ」という上五の最長のお手本です。

Q27

こっそり俳句の練習をしたいなぁ。

五七五で、こっそり呟《つぶや》けばいいんだよ。

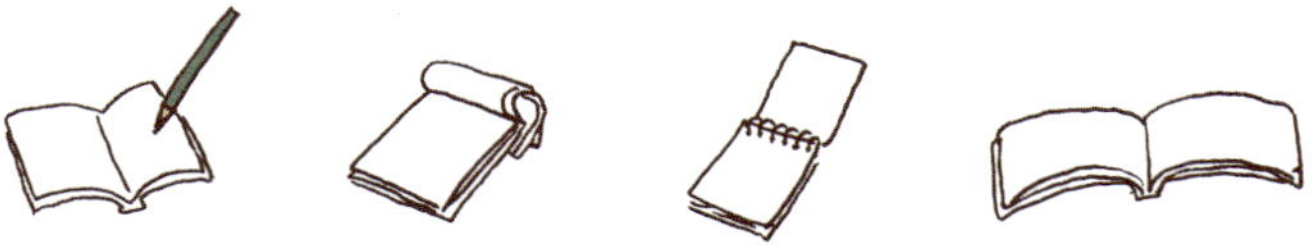

十二音でつぶやく➡季語を取り合わせる➡完成！

いちばん簡単な俳句のワザ「取り合わせ」を紹介します。

一日のうち最低一回、ちょっとした暇に、五七、または、七五で呟いてみましょう。例えば、通勤電車のなかで、何を思っているか・車窓から何が見えるか・隣の人は何をしているか……などなど。日常の何気ないつぶやきを集めていきましょう。

たとえば、「連休の疲れが抜けぬ」とつぶやいた場合、このフレーズに似合いそうな季語を「取り合わせ」ると俳句になります。歳時記を開いて、ぴたりとくる季語を探して、下五に入れてみましょう。

連休の疲れが抜けぬ鯉のぼり（鯉のぼり：夏の季語）

風が止んで、だらんとした鯉のぼりが見えてきます。鯉のぼりもお疲れ様。「この橋を渡れば会社」にはどのような季語が似合うでしょう。取り合わせる季語によって会社に向かう気分も変わってきます。

この橋を渡れば会社五月雨るる（五月雨：夏の季語）

この橋を渡れば会社風薫る（風薫る：夏の季語）

もっと 詳しく知りたい！

ちょっとつぶやけば俳句に⁉

俳句って「格調高い、立派なこと」や「すごく感動したこと」を詠まなきゃいけない！　そう思っていませんか。

難しく考えなくても大丈夫。特別な場所へ行って、特別なことをしたりしなくてもいい。日々のなにげないつぶやきが、ちゃんと俳句になります！　私はそれを「俳句のタネ」と呼んでいます。

たとえば、朝ご飯に何を食べたかなんてことも俳句のタネになります。

「トーストがこんがり焼けた」「トーストにジャムをたっぷり」「トーストのバターきらきら」ほら、こんな感じでつぶやけば、もう十二音のフレーズができました。

その十二音に、自分の気分にぴったりの季語を歳時記から探してみましょう。「トーストのこんがり焼けて夏の朝」「トーストにジャムをたっぷり南風」「トーストのバターきらきら夏の雲」……朝ご飯をしっかり食べて、今日もがんばるぞ、そんな気分の句になりました。

季語とは関係のない十二音のフレーズ（俳句のタネ）＋五音の季語

俳句のタネは、いつでも、どんなところでも見つけられます。そして、五音の季語を取り合わせるだけで一句になります。もし嫌なことがあっても「これも俳句のタネになる！」と思えば、気持ちが前向きになれるんですよ。

俳句あるあるお悩み対談〈2〉

壁はこうして乗り越えよう! 俳句前夜のギモンを解決!

背中を押してくれる人がいて、やっとはじめる気になった俳句。ところが、いざ、作ってみようとしたら、またまた新たな問題が沸いてきます。

五七五でいいたいことが特にありません

岸「いいたいことが特にありません」といいながらツイッターなんかやっているくらいなら、なんかしらいいたいことはあるから、それを五七五にする。

夏 呟き全体を一句にしようとすると無理があるから、まずは五音と七音の言葉探しからはじめよう。情報や感情を垂れ流していても、日本語の伝統からくる五音と七音のリズムは、必ずちりばめられている。子どもたちの書いた日記のなかにちりばめられた五音と七音の言葉に、先生が赤線を引いて、くりくりっと二重丸して、今日は俳句のタネが一杯できましたね!とお返事を書くと、子ども達が、あっと驚く。ただの日記だったのに、五音と七音を見つけて、季語をつけたら俳句になった!言葉に対する感覚が変わるんです。ツイッターをやっている人も同じ。私の年代だと、息子の嫁の愚痴を垂れ流す人は多いけど、季語をつけて一句にしてみると、結構共感を呼ぶ。ただの悪口じゃなくなって、作品への共感に変わる。この句は評判よかった、次またウチの鬼嫁が句になることをやってくれないかって句材を見る目で、愛を持って鬼嫁を見ることができる。

俳句はどう味わえばいいでしょうか?

夏 俳句を味わうのは慣れだから、最初は自分のわかる句を選べばいい。アタシは松山の地元のラジオを月~金の帯で十七年ぐらいやっているんだけど、月曜はヘタクソな句で、順々に上手な句が出てくる。金曜日が優秀作品ね。

だけど、月曜日の、「これ、季語３つあるだろうが！」って、アタシに怒られる句を作った人たちは、金曜日の句のよさがわからない。火曜日の人でも、まだ金曜日の句が味わえない。でも月曜日から金曜日まで通して聞いていると、ある日、金曜日の句の何かが自分の中にすとんと入って来て、いい句だってわかるんです。皆、そういいますね。

岸　取り合わせの句の意味がわからないというときがあります。

夏　以前『プレバト!!』[※1]でフジモン（お笑いコンビ・FUJIWARAの藤本敏史）さんから「マンモスの滅んだ理由ソーダ水」って句が出た。マンモスが滅んだ理由は何だろうって、博物館に行ったのかもしれないし、夏休みの研究をしているのかもしれない。その傍らに、夏の季語「ソーダ水」……いい句だよね。けど、そのときの出演者の女の子が、「意味がわからない。マンモスが滅んだのは、マンモスがソーダ水飲んだから？」って。これは、季語と季語ではない言葉との間に因果関係を求めてしまうから、わからなくなる。そんなもの、求めなくていいの。慣れてくると、ソーダ水とマンモスの微妙な関係が素敵に思えてくる。

カタカナやアルファベットは使っていいの？

夏　俳句は、そこに一点の詩情があれば、何をやってもいいんです。

岸　やりたいようにやって、人が、「これわかる」っていってくれたら詩はある。全員が「は？」だったら、詩はちょっと厳しい（笑）。スマホとかワンセグとか、カタカナを使うと今っぽい句ができそうだって、積極的に使う人もいらっしゃいますね。「タンポポや孫にスマホでメールする」（笑）。凡句かもしれな

いけど、季語の選び方、ほめて（笑）！。だって、流れ星だったら寂しすぎる。「お祖母ちゃん、もう行っちゃうから、あっち側へ」って（笑）。

夏　タンポポの季語、素晴らしい。これ、届くんでしょ。孫の住む町へタンポポの穂綿が届き、種が届き、祖父か祖母と孫のほのぼのメールも届くと（笑）……凡人五十点！

岸　凡人ど真ん中（笑）。

夏　だからね、使ってもいいけど、スマホやコンビニなんて言葉を詩にするには、かなりの腕が要りますっていうこと。

渾身《こんしん》の一句を作るには？

岸　俳句は短いので、「ムダな言葉を削ぎ落した完成型、渾身の一句を出さなきゃ」っていう気負いがあり過ぎて、一歩を踏み出せない人もいます。

夏　重いですねぇ（笑）。俳句をそこまで重く考えないほうがいいですよ。三十分で忘れてしまうことでいいんだから。それなら「死ぬまでに渾身の一句を詠む」っていうふうに、目標として掲げておいたらどうですかねぇ。渾身の作品じゃなければ詠んではいけないってことはないんだから。それはいつか、詠めたらでいいんです。

有名な俳句は知っておくべきですか？

夏　名句といわれるものを口に出して読む、できれば覚える。すると目で読んだとき、つまり黙読するよりも、俳句が身近になります。折々に名句が口についてふっと出たりすると、シアワセな気持ちになれるしね。

岸　仮に歳時記の名句を全く見ないで句会へ行ったとすると、起こり得るカッコ悪い事態というのがあって。自分では「いい句を思いついたぞ」と勇んで投句して、内心、どれだけ点が入るかと思っていたら、それは俳句をやっている人なら誰でも知っている有名な句に既にあった、というパターン。知らなかった自分だけがいい気になっているという。そういう事態に陥らないように、歳時記の名句には馴染んでおいたほうがいいかな、と思います。

夏　ただ、「名句を読まないと俳句ははじめられない」とは、思い込まないように。脳を知識で満たす前に、まず一句作るっていうのが大事！　何度も歳時記を引いたりして、自然に、季語や俳句を覚えていこう。

岸　最初の一句をつくるための道が、どんどん開けてきましたね。

夏　俳句をはじめる三種の神器は、「感性・教養・語彙」ではない。「句帳・ペン・『歳時記』」です!!

どのくらいの時間を俳句に割いたらうまくなれる？

夏　受験勉強みたいやね（笑）。

岸　でも、わかります。入門書に「多作多捨しなさい」と書いてあったり、「一日一句は必ず作るようにしています」という経験談があったりするので。

夏　俳句って、取材活動みたいなものですから。普通に生活していて、頭のなかに「？」マークや「！」マークが浮かんだとき、それが、俳句がこちらに飛び込もうとしている合図なんです。ピン！　ときたら、メモをとる。メモしたネタを俳句にする時間を確保する。それだけ。

岸　初心者の頃は、意識しているときはピンとくるけど、ほかのことをしていると忘れるみたいな感じで、俳句モードのオンとオフが自動的には入らなかった。今は例えば、『ＮＨＫ俳句』の投稿を例にとると、溜めておいて、23時になってから、歳時記持って机に向かう。『ＮＨＫ俳句』の投句は、毎月二回締め切りがあって、インターネット投稿だと午前零時が締め切りなんです。兼題を、何か月も前から始終考えていると、何だかだらだらになってしまう。そうではなくて、何となく、次は「春の鳥」だと思いつつ過ごしていて、最後の一時間でガーッと作る。それがいちばんわかりやすい、私のオンの瞬間。それを続けていると、日頃も完全

日常生活の「！」や「？」はメモをとろう
よっしゃ・飛び込むどー
俳句くん
俳句がこちらに飛び込もうとしている合図だよ

にオフじゃなくて、でもオンでもない、パソコンでいえばスクリーンセーバーみたいな状態を作ることができるようになりました。意識は暗いけど、どこかが光って動いていて、自然と物事を取り入れている、みたいな。

夏　なるなる、そんな感じにみんな自然になっていくから、毎日どんだけやらなければならない、とか思わなくて大丈夫。

岸　最初のうちは、オン・オフのリズムを身につける練習として、A新聞、B雑誌、『NHK俳句』、伊藤園、とかって、「月四回くらいは投句しよう」などという目標決めたらいいんじゃないでしょうか。

夏　そうそう。カッコいいじゃないですか、今日締め切りだから飲みに行けないよ、なんていうのはね。

※1『プレバト!!』……毎週木曜日の19:00から放送の、毎日放送（MBS）制作のバラエティ番組。俳句コーナーでは、人気芸人たちが渾身の俳句を披露し、夏井先生が添削・批評をしている。

3章

俳人って
トクベツな人なの？

俳人って、どんな人なの？

俳人って、トクベツな人だと思われているのか、
「森のなかに住んでるんですか」って聞かれたこともあります。
まぁ、それは冗談だと思うけどね（笑）。
俳句を詠むのを楽しむ人は皆、俳人だよ。

マオカラーが多いけど
ファッションに興味ないの

弟子入りさせてください!!
……って和服じゃない!!
和服、一枚も持ってませんよ〜

Q28

俳人ってみんな**着物**を着ているの？

数えたことはないが、
洋服の俳人の方が絶対多い。
いっとくけど、
普段の私は洋服派！

好き好きの服装でOK！

いつも着物を着ておられる方は、着物がお好きなのでしょう。勝負服なんて言葉もありますが、着物を着て、帯締めて、びしっと名句を詠みます、という心意気かもしれません。私の師匠である黒田杏子先生は、創作もんぺを着ておられます。着物にする反物は素敵、でも楽に歩き回りたい、という夢と現実の調和ですよね。私の句友にも、着物を着て集まる句会を指導している女性がいます。普段あまり着ない着物で優雅に過ごす時間を楽しんでいるのでしょう。テレビでの私は俳句の先生というコスプレ感覚で着物が用意されている感じですが、普段はごく普通の洋服です。

一緒に俳句をする仲間も、普通の格好で来ます。普段着の上にちょっとキレイなカーディガンやジャケットを羽織って来る、なんて人も多い。町内会に出席するような格好が、句会の主流のような気がします。つまり、着物を着ても、洋装でうんとオシャレしても、背広でも、学生服でも、ジーンズに下駄ばきでもOK！　ときどき、ヘンテコな恰好をする人もいるけど、それはそれで俳句のタネになりますね。

Q29

そもそも、俳人って何？

俳句を作る人です。
俳句を**一句でも作れば**
あなたも俳人です。

え？　たった一句で？

俳句を作ればみんな俳人

私は愛媛県の公務員の家に生まれ、大学を出て教師をしていましたが、二十代のうちに俳句で食べていこうと決心しました。簡単だったのかどうかは今となってはよくわかりませんが、小林一茶の生い立ちを読むと、大変だったろうと思います。一茶は、信濃（今の長野県信濃町）の農家に生まれ、幼い頃母を亡くし、義母に馴染めず、十五で江戸に出て、奉公先を転々とします。二十歳を過ぎた頃から俳人を目指し、独自の句風で人気が出ました。

職業俳人とは、俳句が売れて、俳句を教えて生計を成り立たせる人のことです。一方アマチュアの俳人は、誰でもなれます。性別、年齢、国籍は関係なし。俳号をつけた日、一句詠んだ日から、即俳人です。本職のある俳人もたくさんいます。私の義弟はプロのチェリストで、アマチュア俳人ですし、いつき組を名乗る俳人の職業も、酒屋、保険屋、社長、政治家、大衆演劇の役者、僧侶、医者、学者、作家、記者、主婦、フリーターとさまざまです。

有名なところでは井原西鶴《いはらさいかく》、上田秋成《うえだあきなり》、永井荷風《ながいかふう》、芥川龍之介《あくたがわりゅうのすけ》、夏目漱石《なつめそうせき》、寺山修司《てらやましゅうじ》、瀬戸内寂聴《せとうちじゃくちょう》など、本業も俳句も素晴らしい俳人がたくさんいます。

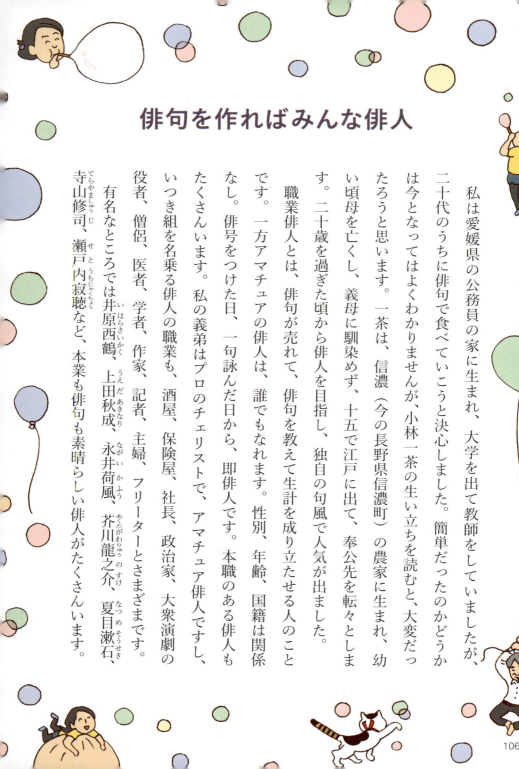

Q30

俳号って何？

俳号は、俳句用のペンネーム。

本名でもいいんじゃないの？

本名でコケたら痛いです。

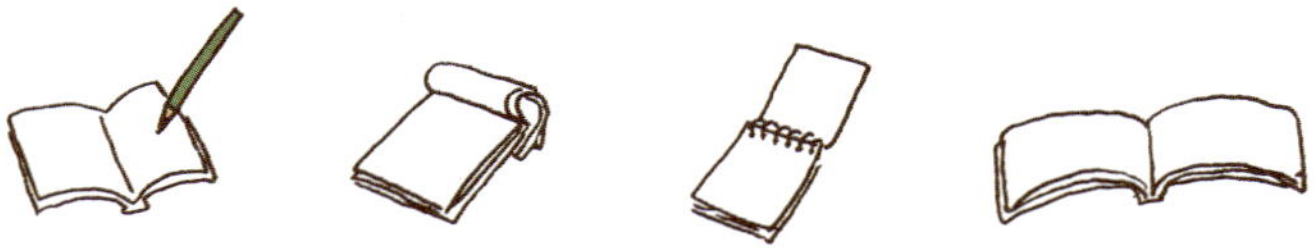

初心者だからこそ
俳号をつけたほうが楽しい

「初心者なのに俳号なんておこがましいです」といわれる人が結構多いのですが、それは全く反対です。アマチュア俳人にとっては、俳号をつけることが、俳句づくりの最初の一歩です。

悲しいくらい下手な俳句を出してしまって、新聞やインターネットや雑誌に本名で載ったとき、恥ずかしい思いをすることもあります。けれど、俳号ならば痛くも痒《かゆ》くもありません。もしひどい俳句を発表して後悔したらその俳号をリセットすればよいのです。また別の俳号を考えて、心機一転最初からやり直しましょう！　上手になったらなったで、俳号は新しいあなたの身についてきて、もう一人の自分として愛せることでしょう。俳号は「普段とは違う自分」や「新しい名前で、堂々と新しい自分」になれるチャンスです。

正岡子規《まさおかしき》は、なんと十歳の頃から号を使い初めて、結局六十以上もの俳号や雅号を使って、人に分けてあげたりもしました。悩まず気軽に、とりあえずつけてみればよいのです。

Q31

俳号って
先生につけてもらうもの？
お高いんでしょ？

普通は、自分で勝手に決めます。
だから0円です。

俳号も創作です

茶道や華道などのお免状みたいに、先生の俳号の一文字をもらうとか、そんなしきたりや伝統は俳句には一切ありません。が、私は頼まれたらいつでもつけてあげます。顔見てぱっとつけたり、職業を聞いてつけたり。そんな感じですから、俳号をつけるのにお金なんか取りません。

正岡子規という俳人は、弟子である高浜清の本名をもじって「虚子」とつけてあげたそうです。つけた瞬間から、俳人虚子の俳句人生がスタートした、といっても過言ではありません。おもしろいことに、子規の友人である夏目漱石のペンネームの「漱石」は、子規のたくさんある俳号の一つをもらったらしいですよ。また、子規と漱石がルームシェアしていた松山の下宿の離れ「愚陀仏庵」は、漱石の俳号「愚陀仏」から名づけられました。

けれども、そんな立派そうな俳号を最初からつけなくてもいいんです。俳句が上手になってくるにしたがって、出世魚みたいに名前を変える人もいます。この俳号でやっていこう！　と思える日がやがてやってきます。

Q32

どんなふうに俳号をつけるの?

決まりは一切ありません。

キラキラネームでもよいの?

自分がつけたいのならどうぞ。

何でもありなのか!!

決まりはないけど パターンはあります

◆名前の終りに、「女」や「子」をつける。

三橋鷹女《みつはしたかじょ》、杉田久女《すぎたひさじょ》、長谷川《はせがわ》かな女《じょ》
高浜虚子《たかはまきょし》、水原秋櫻子《みずはらしゅうおうし》、山口誓子《やまぐちせいし》

これは簡単ですね。自分の名前の最後に、女なら「女」を、男なら「子」をつければよいだけです。男なのに〝子〟なんて変だ、と思うなかれ。中国の思想家たちも、孔子、老子、荘子、などと「子」がついていますよね。「子」は「先生」のほか「男子の尊称」として使われるものです。

◆名前の表記を変える。

松本たかし（本名孝）、坪内稔典《ねんてん》（本名としのり）など。

私の俳号の、夏井いつき（本名伊月）もこのパターンです。

自力でつけたい方は、本名のアナグラム、憧れの名前、洒落のきいた名前、当て字など、自分が好きになれそうな名前をつけてください。俳号は、自分の作品をマーキングするための符号でもあります。ただの「はなこ」ではなく「梅木はなこ」「草野花子」など、名字や漢字使いで混合を避けましょう。

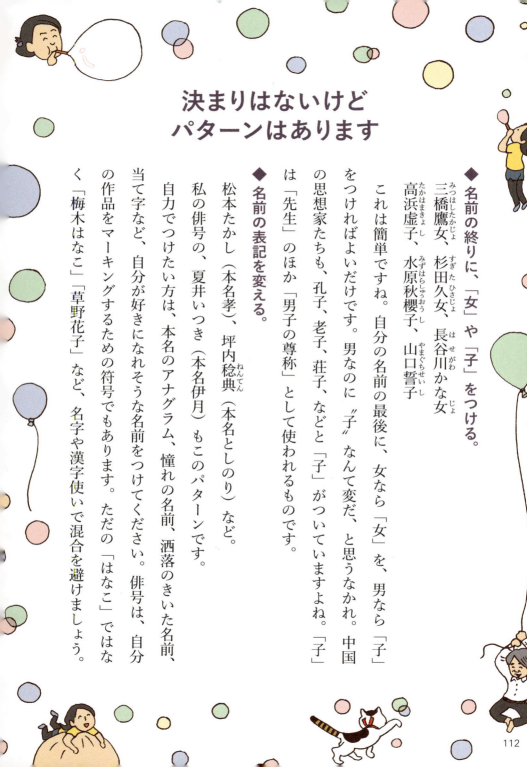

もっと 詳しく知りたい！

俳号あれこれ

最近は、本名を俳号に使う人が多くなってきたと感じます。もし全員が本名になってしまったら、俳句を読む楽しみがほんの少し少なくなるかも、なんていったらわがままでしょうか？

俳句集団いつき組には、まっことマンデー、のり茶漬け、ポメロ親父などの楽しい俳号も多いのですが、その一方で、江戸の俳人たちのような渋い俳号も復活してくると嬉しいなぁとも思います。芭蕉門人の俳号はみなカッコイイです。

宝井其角《たからいきかく》、服部嵐雪《はっとりらんせつ》、森川許六《もりかわきょりく》、向井去来《むかいきょらい》、各務支考《かがみしこう》、内藤丈草《ないとうじょうそう》。

俳号のパターンをいくつか紹介しましょう。

◆季語や風景から

松尾《まつお》芭蕉《ばしょう》（芭蕉の木）、川端茅舎《かわばたぼうしゃ》（茅葺《かやぶき》屋根）、水原秋櫻子《みずはらしゅうおうし》（秋桜《コスモス》）

庭に柿があれば、柿麻呂。枇杷《びわ》があれば、枇杷娘など、好きなように。

◆職業から

大谷句仏《おおたにくぶつ》：僧侶から

「八百善」とか、「魚勝」とか、屋号をつけると、宣伝になってよろしい。

◆病気から

正岡子規《まさおかしき》：結核の喀血《かっけつ》から（「子規」は口の中の赤いほととぎすの別名）

病名からつけるには大変な勇気が必要です。あまりお勧めしません。

◆姓名のくりかえし

大橋桜坡子《おおはしおうはし》：名字の繰り返し。このような俳号もワザありです。

◆名前のもじり

鷹羽狩行《たかはしゅぎょう》（本名高橋行雄《たかはしゆきお》）、中村草田男《なかむらくさたお》は「腐った男」の意でユニーク。

Q33

どうやって先生を探すの？

出会いとご縁を大切に。

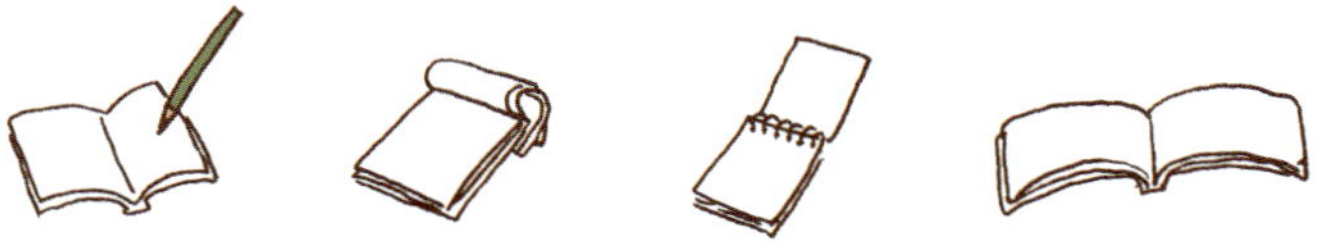

俳句との出会い
俳人とのご縁！

まずは好きな俳句や、俳人を探すことです。

偶然手に取った雑誌や、句集に載っていた俳句がいいなと思ったら、その作者を調べてみましょう。その人が句集を出していたら読んでみましょう。そんな俳句との最初の出会い、俳人とのご縁は、一生の宝ものになります。私は若い頃、俳句の月刊誌に載っていた黒田杏子先生の俳句に出会い、こんな俳句がつくりたい！　と憧れて、杏子先生が選者の俳句誌に、早速投句をはじめたのが、先生とのご縁の始まりでした。

書店などで、まめに俳句の総合雑誌や句集を開いてみましょう。総合俳句雑誌にはいろんな情報が載っています。日本中の俳人が寄せた作品や読み物、各種俳句誌のリストもあります。好きな俳句や、俳句に関するおもしろい読み物を見つけてもいいでしょう。気になった人がいればプロフィールをチェックしましょう。所属結社などを書いている場合が多いですから、今度はその結社について調べます。よい先生・よい俳句仲間に巡り会うと、俳句はぐっと楽しくなります。自分にとって居心地のいい場所を探してみましょう。

Q34

結社って何？
秘密結社みたいで怖いよ。

結社にもいろいろある。
俳句結社は、普通に
「俳句団体」って意味だよ。

俳句結社は、主宰俳人の俳句や俳句への思いに共感した人の集まり

呪術の結社!? 政治結社!? 秘密結社!? などと、結社という言葉におどろおどろしいイメージやお堅いイメージを持つかもしれませんが、実際はただの俳句団体にすぎません。団体を代表する先生が主宰です。先生の人柄や作風は本当に千差万別ですから、自分が憧れるなぁ、おもしろそうだなぁ、と思う俳人の結社のドアを叩いてみることです。

好きな俳句を見つけたり、先生にしたい俳人に出会ったら、句集を読んだり、俳句雑誌の投句欄などを調べて投句したりする。そのなかで、その俳人がもし俳句結社を持っていたとしたら、そこに入会すればよい、というとてもシンプルなものです。

ちなみに私は、俳句集団いつき組の組長と呼ばれています。いつき組は俳句結社じゃなくて、「広場」であるというイメージを私は持っています。どこからでも出入り自由で、好きなだけそこにいていいし、いつ帰ってもいい広場。誰もがそこで楽しく俳句を使って遊んでいます。気がつけばその広場の「組長」と呼ばれていました。

Q35

結社や「いつき組」に入れば、直接俳句を教えてもらえるの？

入っても、入らんでも、直接俳句を学べる**機会はたくさんある。**

これぞと思った俳人のもとで俳句を直接学ぶいくつかの方法

○○に、先生として学びたい、好きな俳人の名前を入れてみよう！

◆○○先生が選句をするラジオ番組へ投句
◆○○先生が俳句を教えているテレビ番組などを見て学ぶ
◆○○先生が選者をしている新聞・雑誌の俳句投稿欄に投句
◆○○先生の句集を読む
◆○○先生が講師をしているカルチャースクールへ入る

ちなみに、夏井いつきが選（審査）をしている新聞やホームページやラジオ、俳句新聞などはいろいろありますが、無料で始められるものを一つご紹介！　愛媛県松山市が運営している「俳句ポスト３６５」というＷｅｂサイトは、隔週で兼題（81頁参照）が出され、俳句を募集しています。結果は、同じく隔週で月曜日～金曜日に渡って順に公開されます。火曜日の俳句道場は全国のハイポニスト（サイトユーザーの通称）から寄せられる貴重な知恵のデータベースです。お便りも紹介しますから、全国の同好の士との交流も楽しめます（１２２頁 投句先一覧参照）！

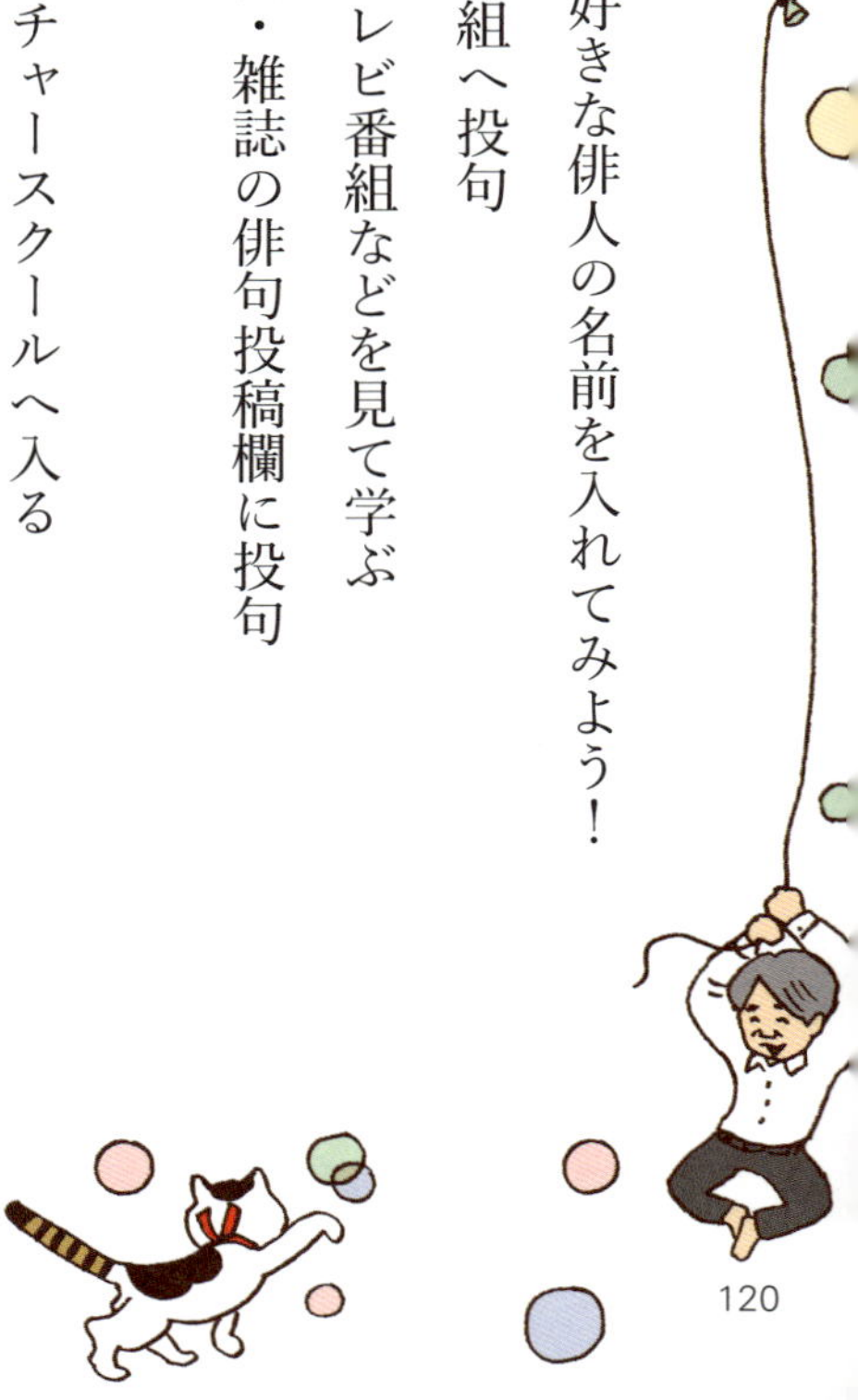

もっと 詳しく知りたい！

投句先と句会ライブ

句ができたら、誰かに見てもらいたい、批評してもらいたいと思うもの。句の発表場所は、大きく分けて、投句と句会の２つがあります。

投句とは、読んで字のごとし、句を（どこかへ）投稿すること。並選、特選などに選ばれれば商品や賞金が贈られたり、新聞や雑誌に載ったりすることもあります。次のページで一覧にしましたので、興味を持ったら、ぜひ投句してみてください。

一方で句会では、投句した句について、参加者同士の感想を聞くことができます。体験記（１４５頁～参照）にも詳しく説明してありますので、ぜひ、句会にも参加してみてください。

投句先一覧

せっかく詠んだ俳句です。
ぜひ、どこかへ投句してみて!
たくさんある投句先から、いくつかご紹介。

入選めざしてチャレンジ!

テレビ

◆NHK俳句

Eテレ 毎週日曜 午前6時35分~(ウェブで視聴も可)
インターネット・葉書投句:無料。
4人の選者から1人を選んで投句。
http://www.nhk.or.jp/program/nhkhaiku/form.html
〒150-8001 NHK「NHK俳句」係

ラジオ

◆NHK文芸選評

ラジオ第一 毎週土曜 午前11時5分~
葉書投句:無料
〒150-8001 NHKラジオセンター「文芸選評○○係」

◆夏井いつきの一句一遊

南海放送 毎週月曜~金曜 午前10時~10時10分
葉書・メール投句:無料
〒790-8510 南海放送ラジオ「夏井いつきの一句一遊」宛
ku@rnb.co.jp

まずは自分が購読している新聞をチェックしてみましょう!

新聞

朝日新聞や毎日新聞、読売新聞などの中央紙はもちろん、それぞれの地域の地方紙にも「俳壇」コーナーがあります。まずは自分が購読している新聞をチェック!

※投句先は変更になっている場合がありますので、ご確認ください。

インターネット

◆現代俳句協会 インターネット俳句会

毎月20日24時締め切り 無料

インターネットでの句会に参加できます。

http://www.gendaihaiku.gr.jp/haikukai/howto.html

◆日本伝統俳句協会 Web投句箱

月1回締め切り 無料

http://haiku.jp/

◆俳句ポスト365

隔週水曜日締め切り 無料

https://haikutown.jp/post/contribute/

その他、ネットでの投句受付や
ネット句会をやっている結社もあります。
興味のある人は調べてみてください。

雑誌

現在発行されている俳句総合誌には『俳句』『俳壇』『俳句αあるふぁ』『俳句界』『俳句四季』があります。いずれも添付葉書での投句。複数の選者による入選句と選評が掲載されます。俳句雑誌ではなくても、たとえば『小説野性時代』や『通販生活』などでも俳句を募集しています。愛読している雑誌に投稿欄があれば、そこを利用してみてもいいですね。

初心者向けの講座も多いので、
基本から教えてもらえます。

句会への投句

これまで紹介した投句先は、いわば一方通行。一方、句会では他人と一緒に投句や選句をすることになります。少しハードルが高いと感じるかもしれませんね。不安な人は、まずカルチャーセンターの句会に参加してみるのも1つの手。

※投句先は変更になっている場合がありますので、ご確認ください。

もう一つ、句会ライブとは、全く新しい句会の形です。規模や会場もいろいろ、参加者の年代や職業もいろいろ。俳句なんて絶対に作れないと思っている人、初心者の人も、五分で一句、作れる技を教えます。「絶対ムリ！」と思っている人にこそ、ぜひ参加してもらいたいです。

句会ライブでは、参加者みんなで議論してグランプリを決めるので、ゲーム感覚で楽しめ、表現する喜びが味わえます。

また、ほかの人の意見を聞いているだけでも楽しめますし、自分ひとりでは思いも寄らなかった考え方に驚かされ、参加者それぞれで読みの広がっていく俳句の魅力に触れることもできます。笑ったり、感心したり、ほろっとしたり。いろいろな体験ができるのが句会ライブです。

全国各地で開催中！ あなたの街にも行くかもしれません。

俳句あるあるお悩み対談〈3〉

壁はこうして乗り越えよう！ 俳句前夜のギモンを解決！

一生続けていける楽しみ、それが俳句です。句会など、俳句をやらなければ体験できないような楽しみもあります。岸本さんも、次の10年の目標が決まったようです。

歳時記に載っている季語に全然実感がないのですが……

夏　それはね、身近な季語から、意図的に一つずつ体験していけばいい。例えば、梅が咲いたら梅を見に行き、実際のにおいの強弱や、風の冷たさ、日射しなど、五感でリアルな情報を得てくる。すると、次に「梅」のお題が出たとき、このときのリアル感が蘇って俳句がつくれるというわけ。一方で、全く見たこともない季語は、想像して楽しもう。「われから」って知っている？「藻に住む虫の音に鳴く」という秋の季語の、その虫の名がわれから。水中の藻の中に住んで鳴いている〝われから〟ってどんな虫？　スタジオ・ジブリで映画にしてほしい(笑)。季語って、誰かが決めているわけじゃなくて、万人が季節を感じて使う言葉なんです。みんなが使うことで季語として成熟してくると、歳時記を編集する人が「これは季語です」と判断して載せるだけだから。逆に、「歳時記に載っているから季語ですね？」っていわれても、微妙なところ。ほら、幽霊やったときに、あったじゃない？

岸　そうでした。夏井先生がＮＨＫ俳句の兼題でお出しになった「幽霊」っていう季語。

夏　現代俳句協会刊の歳時記だけが「幽霊」を季語にしてた。ちなみに私の所属は俳人協会。ほかの歳時記には載ってなかったし、「幽霊」で背筋がぞくぞくっとする句が、来るとは思っていなかった。「ほらね、だから幽霊は季語にならないんですよ」って結論づけるつもりだったのに……すごい句が来た!!

岸　目を縫い潰したる幽霊に朝陽が差して白い。

夏　ぞぞーっ。目を縫い潰されている幽霊には朝が来たことがわからないんだよぅ（泣）。その幽霊に朝日が差して白いんだよぅ（泣）。この幽霊の哀しみどうしたらいいんだぁぁ！　って。

岸　目を縫い潰したる幽霊に朝陽、で十七音なのに、朝陽が差して白い、までいわなければならなかった、このゾクゾク感たるや!!

夏　スタジオの外に、アナタの手を引っ張って一緒に逃げ出そうかと思ったくらい（笑）。収録しながら、あれは本当に恐ろしかった。この句1つで、アタシのなかで幽霊はすっかり夏の季語となりました（笑）。

虫が嫌いです。苦手な季語を俳句にできますか？

夏　嫌い、苦手、というのは、逆の意味で関心があるっていうこと。虫が好きな人とは違う視点を持つことができるね。オリジナリティーのある句を詠めるチャンス。知り合いの男が虫が苦手で、蟋蟀《コオロギ》で一句作れ、とアタシにいわれて、「うぇぇえっ」ていいながら、ホームセンターに蟋蟀を買いに行った。コオロギって、魚か鳥の餌として売られているんだって。それ買って来て、「うわぁぁあっ」ていいながら毎日見ていたら、見る目が変わってきたらしい。「今目の前にいるこれは、僕の嫌いな虫ではなく季語なんだって思えて来た。決して可愛いとは思いませんけど」っていってたよ。

岸　「蟋蟀《こおろぎ》のおなかが変に柔らかい」とか（笑）。

夏　「白鳥の首がどうにも変である」とか（笑）。

岸　「白鳥はみながいう程白くない」とか（笑）。

夏　三重野とりとりさんの句で、「ごきぶりでなければ美しい茶色」。っていうのもあったな。オーガンジーみたいな羽根だよね。

見たままに、感じたままに、といわれても……

岸　「吟行ってどうやったらいいんでしょう?」ってお聞きしたら、「まぁ、ものをよう見ることですなあ。見れば何か感じますやろ。感じた物をそのまま言葉にすればええんですわ」なんてことはよくいわれます（笑）。

夏　アタシは初心者の人には、五音の言葉探しときゃいいんよ、っていってあげる。具体的にいわないと、眼球を素通りするだけで、本当の意味で「見ない」から、「五音の言葉を十個見つけて来て」って指令を出す。「一つも見つけられないんですぅ」っていって来る人には、「それ何握っているの?」「ボールペンです」「あるじゃない、五音の言葉」って（笑）。五音の言葉を十個、季語も十個見つけて、組み合わせれば何とかなります。

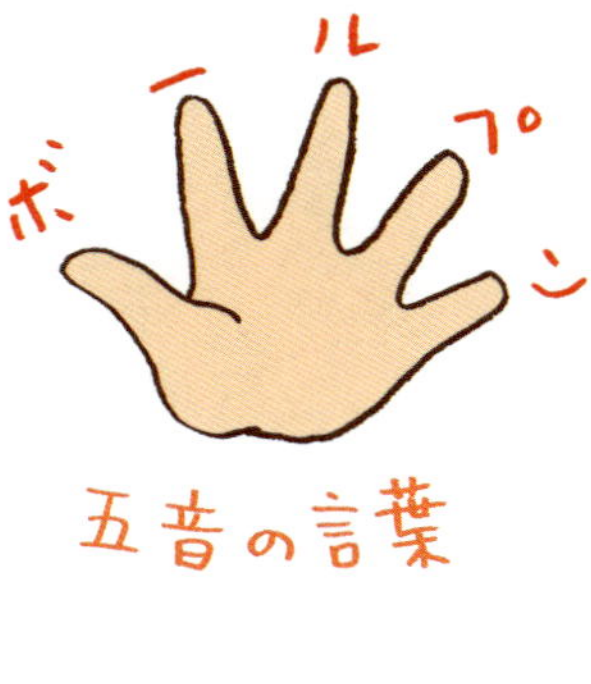

どのくらい上手くなったら句会に出られますか?

夏　巧くない人ほど、句会で学べる吸収率が高いから、一日も早く句会に行ったほうがいいね。

岸　私は巧いと思っている人ほど、句会に出たらホームラン率が低い！　ですよね（笑）？

夏　自分の句が選ばれるか、選ばれないか、試してみたらいい。全然選ばれないで、あれっ？　という経験も大事ですよ。

岸　自分の句は高尚で、余韻もあって、難しそうな言葉も入っていて、人生の真実もある。なのに、なぜ選ばれないの？　と思う人はいっぱいいると思うけど（笑）、次の句会でも選ばれず、また次の句会でも選ばれず、と経験を重ねていくと、「あれ？　私が俳句らしいと思っていることと、みんなが俳句として楽しんでいることとって違う？」って薄々気がついて、そこからが本当のスタートになる。

夏　全く、その通りです。

ネット句会、ツイッター句会はどうでしょうか？

岸　友達の、いとこの男子が急に俳句に目覚めて、毎日一句送って来るんだって。「俳句やってみたいんだけど、俳句になっているかどうか見て」って。

夏　私の知り合いにも、娘がパリにいて、お母ちゃんが松山で、お母ちゃんの友だちが三重県にいて、俳句を送り合っているっていうのがいるね。生活時間帯も時差もバラバラな三人が、励まし合って俳句交換してるのが、可愛らしくて。

岸　安否確認メールみたい。

夏　初心者同士、仲よし句会をはじめるのはいいんですが、いつまでも気の合う人だけでいいとか悪いとかやっていると、どんどん全員が下手になっていく。句会は、先達が居たほうが得だし、メンバーが固定しないほうが有意義ですよ。ネット句会は、遠くの人たちと繋がれるという利点はあるけど、本来句会は、面と向かって、丁々発止とやるところがいちばん楽しいから。

句会に出るのに資格は要りますか？

岸　気の持ちようとしては、「句を直されるのが嫌、私の個性なんだから、誰も私の十七音に触らないで」って人は俳句にむかないと思ったほうがいいですね。俳句って、人に読んでもらってなんぼだから。どんなにそこに込めたものがあっても、自分には大切な五七五でも、いいたいことの意味が伝わらなかったらダメってことがわかる人。そういう人が、俳句が上手になる人だと思う。

夏　俳句は、作って直すものだ、と知るところからはじめよう！　アタシは、国語の勉強は正解がないからおもしろいと思って、国語の先生になったんだよね。数学は答えがはっきりあるから、正解に到達できない自分に絶望してしまう。でも数学が好きって人は、「正

解が出るからおもしろい」っていうよね。でも、俳句にだって俳句なりの「正解」はあるんだよ！　自分のいいたいことを100％言い切るためにふさわしい言葉を考えていて、それがパンパンパン！　って気持ちよくハマって、「やった、これ100％アタシのいいたいことだ」って、「これ以上直すべき言葉が何一つないぞ」って思ったときの爽快感。数学の「正解」に近いかもしれない。

岸　「100人に見せて、100人がいいという」って意味の〝正解〟じゃなくて、自分が入れようとした中身と俳句っていう器がピタッと合った、その〝正解〟ですよね。

夏　そこにみんな中毒になっていくんだよ。例えば、『プレバト!!』観ている人たちは、自分でどう直したらいいかはわかんないけど、「あぁそうか、この言葉がこう変わって、この助詞を入れ替えたら、この意味に到達できる」っていう達成感は、全員が共有できる。直すところが一つもない！　よっしゃ！　っていうのを、みんなで共有しているから気持ちがいい。そして俳句はその達成感のところまで、割とすぐいけるのが楽しい。

岸　次の十年へ向けて、やる気が湧いてきました（笑）。

いいたいこと
俳句という器
余分
余分な言葉を削ってみると……
中身と器がピッタリ

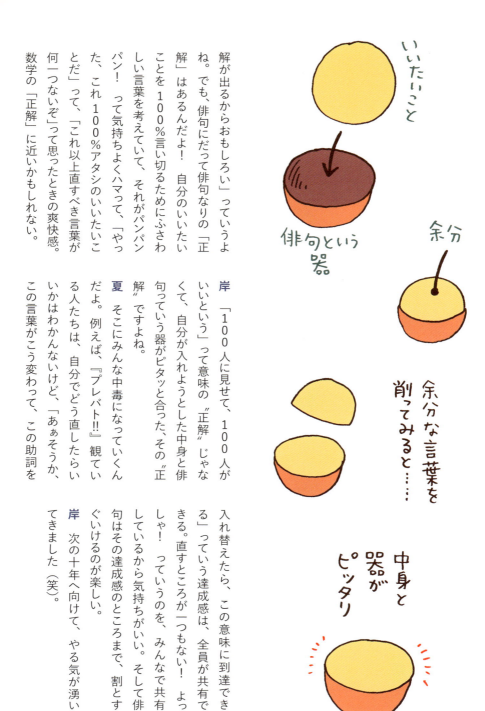

4章

句会と吟行《ぎんこう》に初挑戦！

句会と吟行に行ってみよう！

俳句をほかの人と一緒に楽しめる句会や吟行に積極的に参加してみるといいよ。
「巧くなってから」だって？
句会に出れば出るほど、吟行に行けば行くほど巧くなるし、
一人よりずっと楽しいよ。私を信じてついておいで！

Q36

句会って何？

自分の俳句を持って集まり、
お互いに選び合う会です。

それって楽しい？

そうとう楽しいよ。
句会に行きたいから、
仕方なく俳句を作るという人もいる。

一人で俳句を作るより句会に出ると二倍楽しい

句会の種類もさまざまです（１３６頁参照）。基本はシンプルです。

◆自作の俳句を持っていく（ペン、メモ帳、歳時記なども）。
◆無記名で俳句を投句する。
◆誰の句かわからないまま好きな句を選ぶ。
◆選んだ俳句を発表し、選んだ俳句について、先生の句評を聞いたり、感想を話し合ったりする（作者が名乗りをあげるタイミングは、選ばれるたびであったり、感想の後であったり、句会によってさまざまです）。

あなたの句を選んでくれた人の顔や、あなたが選んだ句の作者を見て、お互いにどこが好きだったか俳句について話し合うので、自分のことをちょっとわかってくれる友に会えたような感動もあります。また、インターネット句会で知っているだけの人に、直接句会であったら、「こんな人だったの!?」なんていうこともよくあります。いちばん驚くのは、てっきり女性だと思っていた俳号の人物が男性だった、または逆の場合！　社交が不得手、人間関係が苦手でも、「俳句」というツールを用いるのですんなり入れます。

Q37

句会はどこで何時間くらいやるの？

場所は会議室、ファミレス、公民館など。
時間は最低二時間は考えておきたいね。

句会って正座でしょ？

めったに正座はない。
椅子か、ほりごたつ的な場所がほとんど。

句会はどこでもできます
最低三人いればできます

◆人数によってもさまざまですが、無料の句会なら、公民館やコミュニティーセンターの会議室や貸しスペースなど、有料なら、レストランの一室や居酒屋の座敷を貸し切る場合も多いです。吟行（俳句を作るために出かけること）に行くと、電車の座席、お寺の本堂の縁や石段、公園のベンチ、駅の待合室、コーヒーショップ……どこでも何人でも句会になります。

◆時間も、平日の昼間、休日の朝や昼、仕事帰りの夜などさまざまです。定例句会が二時間で終わったあと、二次会でさらに続くこともあります。

◆教えてくれる先生がいない句会の場合は、互選して、お互いに感想を述べあいます。とはいえ、先生がいないと、句の良し悪しがはっきりわからず、添削もしてもらえないので、遊びの要素が強くなります。

◆座り方も自由です。気にせずに崩して足を伸ばしましょう。カルチャーセンターで行う句会は、基本的に椅子です。句会は、和室に洋室、ときにはピクニックに出かけて野原の真ん中でやることもあります。草の上に寝っ転がるのは楽しい！　その場所にあった座り方をすればいいわけです。

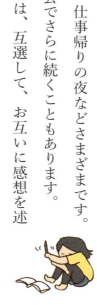

Q38

インターネットでも句会ができるの⁉

ナマ句会が本命、**インターネット句会**は練習、というスタンスの人が多いかも。

インターネット句会は手軽だけど、ピンからキリまである

句会の会場に行けなくても、メールでやり取りしたり、ホームページ上で行われるインターネット句会に入ったりすれば、句会を体験できます。昼夜を問わず、時間も気にせず投句できますから、便利な世の中になりました。インターネットに繋ぐと、顔の見えない俳句仲間が大勢。「インターネット句会」で検索すれば、「現代俳句協会」をはじめとして、有名結社などが出てきます。会費の有無等の問い合わせは必要ですが、はじめたいときにはじめられるのがインターネット句会のいいところです。

超初心者同志が句会に行く前の練習として、ラインなどで俳句を送り合い、感想を述べ合ったりする「ライン句会」も盛んで楽しそうです。もし、俳句がだんだんうまくなりたい、長く続けたいのなら、結社でも、超結社でも、インターネット句会でも、いい指導者のいる句会に行くことをオススメします。句会の経験者や指導者がいないと、どんな句がいいのか悪いのか、自分たちの好き嫌いだけで選んでしまうので基準がぶれてしまいがち。次第に先が細って、行き詰まってしまうこともあるようです。

Q39

句会には何を持っていくの？

ペンとメモ帳、歳時記、**自作の俳句**。
（電子辞書もあると便利かも）

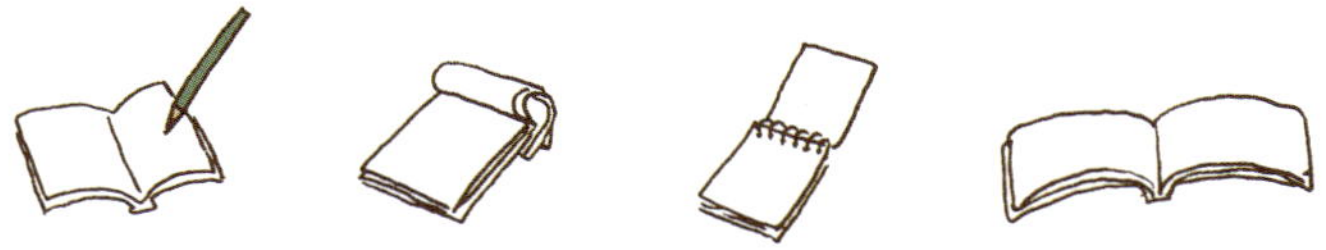

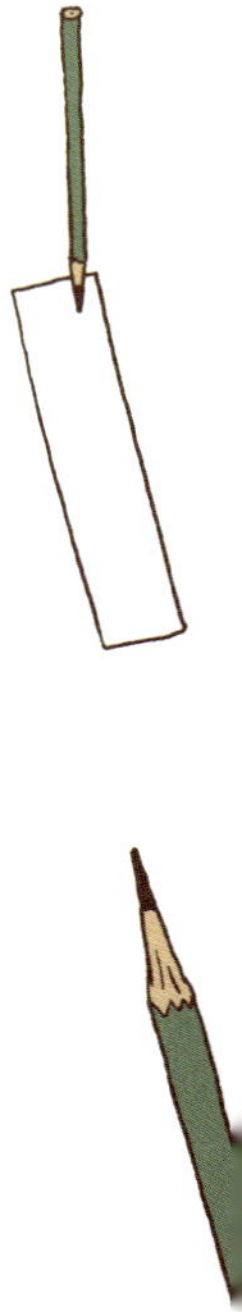

できれば俳号もつけていってください

初めて句会に参加する日はきっとドキドキで、句会の進行についていくだけで必死。自作の句が選ばれても選ばれなくても、あっという間に終わってしまいます。ワクワクするのは二回目からです！

自分の俳句が下手なのか、それとも案外いい句なのか、という他人の評価がいちばん気になるところでしょう。自分ではかなりの力作と思って出した俳句が見向きもされず、数合わせに出したお粗末な（と自分では思っていた）俳句が選ばれ、見るからに肩をがっくり落としている人、無言の背中が怒っている人なども見かけます。自分の句が選ばれない悲哀や憤りが、いい勉強なのです。第三者の視点で自分の句を見直すのはなかなかできないことです。人に選ばれたり、選ばれなかったりを繰り返しているうちに、句の良し悪しがわかるようになり、自選眼がついてきます。自選眼がついてきたらしめたもの、そこからは一直線に、いい俳句が詠めるようになります。

但し、俳句はうまくなるだけがゴールじゃありません。句会が「ただの勉強」ではもったいないですから、句会を楽しむ気持ちも忘れずに。

Q40

吟《ぎん》行《こう》って何？

俳句を作りに出かけることです。

それって楽しい？

いろんなものと出会えて、

気分がリフレッシュ！

吟行は読んで字のごとく、
俳句を吟じ（つくり）ながら行くこと

吟行とは、どこかに出かけて、そこで見たもの、聞いたことなどを俳句にすることです。自然の現場の雰囲気が生々しく俳句になります。吟行しないといい俳句が作れない、とはよく聞きます。私にとっては、夫の兼光さんと近所の温泉へ行く道も吟行コースです。一人なら一人吟行、句友たちと行くのが普通の吟行です。続けて句会を行うことがほとんどです。

吟行では「歩ける服と靴」「両手が自由になる」ことが大事です。俳句のタネをメモしながら歩きます。俳句の三種の神器「句帳・ペン・（ミニ）歳時記」を持って行きましょう。日よけ対策、水分補給もお忘れなく！

一人吟行をしていると、その辺で出会った野良猫や、雀たち、菫《すみれ》、いわし雲、いちばん星、風にころがる木の葉、背中を丸めた通行人に、心の中で話しかけたいような気持ちになって来ます。放浪の俳人山頭火も一人旅でした。

うしろすがたのしぐれてゆくか　種田山頭火

人がいかに孤独な存在か伝わってくる句ですが、山頭火は、どれだけ孤独に暮らしても、人は自然の一部で一人ではないと感じていたのでしょう。

もっと 詳しく知りたい！

季語難読

俳句をずっと続けていると、自然と漢字を覚えます。難しい言葉を、とりあえず読めるようになります。これホント！　難読季語をいくつか紹介しましょう。

「**蝌蚪**《かと》・春」オタマジャクシのこと。俳句特有の言葉です。

「**蠛蠓**《まくなぎ》・夏」夕暮れどきなど、眼の前をうるさく飛び交う小さな虫たちのことです。

「**生御魂**《いきみたま》・秋」盆の間の父母、祖父母などの年長者を指す言葉。

「**蟷螂**《とうろう》・秋」カマキリのこと。オタマジャクシもそうですが、こうして難しい漢字で書くと違う生き物みたいですよね。

「**虎落笛**《もがりぶえ》・冬」強風が竹垣や電線なんかに吹きつけて、ヒューヒューと笛みたいに鳴っている音です。

ところで、夏の季語のひとつ「**南風**」はどう読みますか？「みなみかぜ」ももちろん正解。でも、ほかに「なんぷう」「みなみ」「はえ」「まぜ」「まじ」なんて読み方も！どう読むかは、その句によって判断します。

季語ではないけれど、俳句では「地震」を「ない」と読んだりすることもあります。「ない」は地震を表す古い言葉。

いろんな言葉を知って使いこなせたら、俳句を詠むのがもっと楽しくなりますよ！

体験記

俳句ド素人が五人集まって吟行と句会を体験してみた

吟行句会参加メンバー

点色

30代男性。デスクワークの日常から解放された健康的な月曜日が意外なほど気持ちよかったらしい。甘い飲み物が大好きで、ちょっと女子力高め。

軽寺

40代女性。ウルトラマラソンとトレイルランニングを趣味に持つ。南極を走ったことも。俳号はお気に入りのシューズメーカーから、いつき先生にいただいた。ライターとして参加。

白波

50代男性。気さくな人柄と親しみやすい笑顔が特徴的だが、実はかなりのエライ人なんじゃないか疑惑の持ち主。芋焼酎が大好きで、この俳号がついた。

のしろ

30代女性。おっとりと優しい性格。高校時代に茶道の経験があり、よくあるお茶の名前をもじってこの俳号がついた。俳句に興味はあるも、作ったことは、ほぼない。

明里

40代女性。この吟行句会体験にものすごく尻込みしていたことを組長に見抜かれる。組長に変な俳号をつけられる前に、チアリーディング部時代のフィールドネームから拝借した。

組長
夏井いつき

この本の著者で俳人。歯切れのよい添削とあったかいハートが魅力の肝っ玉先生。俳人レベルマイナスをゼロに引き上げることに定評がある。

幹事
兼光

俳句歴15年。今回の吟行句会において、初心者たちの頼りになる先輩であり、オブザーバー的役割を果たす。句会では司会進行を担当。

俳句初心者五人の吟行句会

俳句の疑問40を解決し、「俳句の扉」を開ける準備も万端。次は一句詠んでみたい！ そんな俳句初心者たちによる「吟行＆句会」の体験記です。

集まったのは、この本をご縁に知り合ったばかりの明里さん、のしろさん、点色さん、白波さん、私・軽寺の五人です。組長からの事前の指示は次の三点のみ。

●紙と鉛筆を持参
●動きやすい服装
●予習は一切禁止

「予習もダメって……」。一句も詠んだこともない俳句素人の五人は、不安しかありません。無理だー！と心の中で叫びながら、集合場所の清澄庭園（東京都江東区）入口に集まりました。いよいよ〝はじめの一句〟を作るための、吟行＆句会のスタートです。

吟行句会のタイムスケジュール

午前中は俳句の材料を取材する「吟行」、午後は集めた材料で俳句を作って発表する「句会」というのが大まかなスケジュール。持ち物は、飲み物、筆記用具（あれば歳時記）、とだけ伝えられました。

10:00

清澄庭園入口集合 吟行開始

まずは簡単な自己紹介からスタート。組長から吟行の簡単な説明を受けて、いざ出陣！ 庭園内を散策しながら俳句のタネを探していきます。黙々と取材をするのかと思ったら、「まずは五・七・五で話してみよう！」とのこと。なるほど、こうやってリズムに慣れていくのですね。

12:00

吟行終了

移動

昼食休憩

移動して、お昼休憩。この間に、集めた材料を俳句へと練り上げます。

13:45

投句《とうく》締め切り

今回の句会では一人三句、俳句を作りました。それを一句ずつ短冊に書いて提出することを、「投句」といいます。句会はこの、投句から始まります。

14:00

句会開始

いよいよ句会のスタート！ 清記《せいき》、予選、選句という作業を経て、参加者がどのような句を作ったのかを知り、どのような句のどの点がよかったかなどを語り合います。

16:00

終了

10:00

何でもかんでも五七五で会話をしながら まずは俳句のリズムに慣れていく

すべての会話を五七五で行う

庭園内に入って、まず与えられた課題は、「五七五のリズムで会話する」「五七五の文章をたくさん作る」こと。

ところがこれがなかなか難しい！

メンバー同士がほぼ初対面ということもあり、恥ずかしさが先に立ち、「まともなことをいわないと」と思うあまりに口が重くなってしまいます。しかも、五七五で話した経験がないうえ、見知らぬ人たちの間で率直なことを口にすることにも抵抗があります。交流を深めようとはするものの、会話があまり弾まないのです。

そんな五人を見かねたオブザーバーの兼光さんから「景色だけではなく、看板や張り紙も参考になります。意外と五七五で書かれていることも多いですよ」とヒントが。にわかに掲示物に目を走らせはじめる面々でした。

何でもいいから まずは話すことが大切

このあたりで、五七五になりそうなものをかろうじて口走れそうになってきたおしゃべりな私は、見切り発車的に、見たことや感じたことをそのまま言葉にしてみました。「みなさんの会話が減りますだんだんと」、「紫外線私のお肌を焼いて（い）ます」。すると、ほかのメンバーからも徐々に五七五の言葉が出はじめます。池の鴨や池のエサに食いつく鯉など、興味深く新鮮に見えるものもあり、「鯉がパクパクしています」「先生がエサくれるのを待って（い）ます」など、五七五での模写に挑みました。

途中、撮影会を楽しむ団体と遭遇したときには、「写真を撮る人と、俳句を作る人は、視点が似ているんだよねぇ」と組長。なるほど、景色や一瞬の切り取り方が、「絵」にするのか、「俳

トレッキング？
山歩き？
歩きやすけりゃ何だっていいヨ

句」にするのかの違いなのだなと。俳句も記念写真を撮ったり、被写体を探したり感じで切り取っていけばいいのだと納得しました。

至るところで吟行はできる

さて、こうして季節の花や木々以外のもの、案内板や掲示物の言葉、庭園内を歩くほかの人たちなどにもしだいに目が行き、観察するようになった一行。また、庭園内の空気感や季節独特の風、日ざしなども感じる余裕も出てきたようで、少しずつメンバーの会話が増えてきました。

普段、いつき組では、公園や城跡などの屋外はもちろん、美術館や動物園、スーパーやデパ地下の食品売り場など、至るところで吟行を行うのだとか。行き交う人々の会話や表情、掲示物や案内板、すべてが俳句のタネになるというのが実感できてきました。

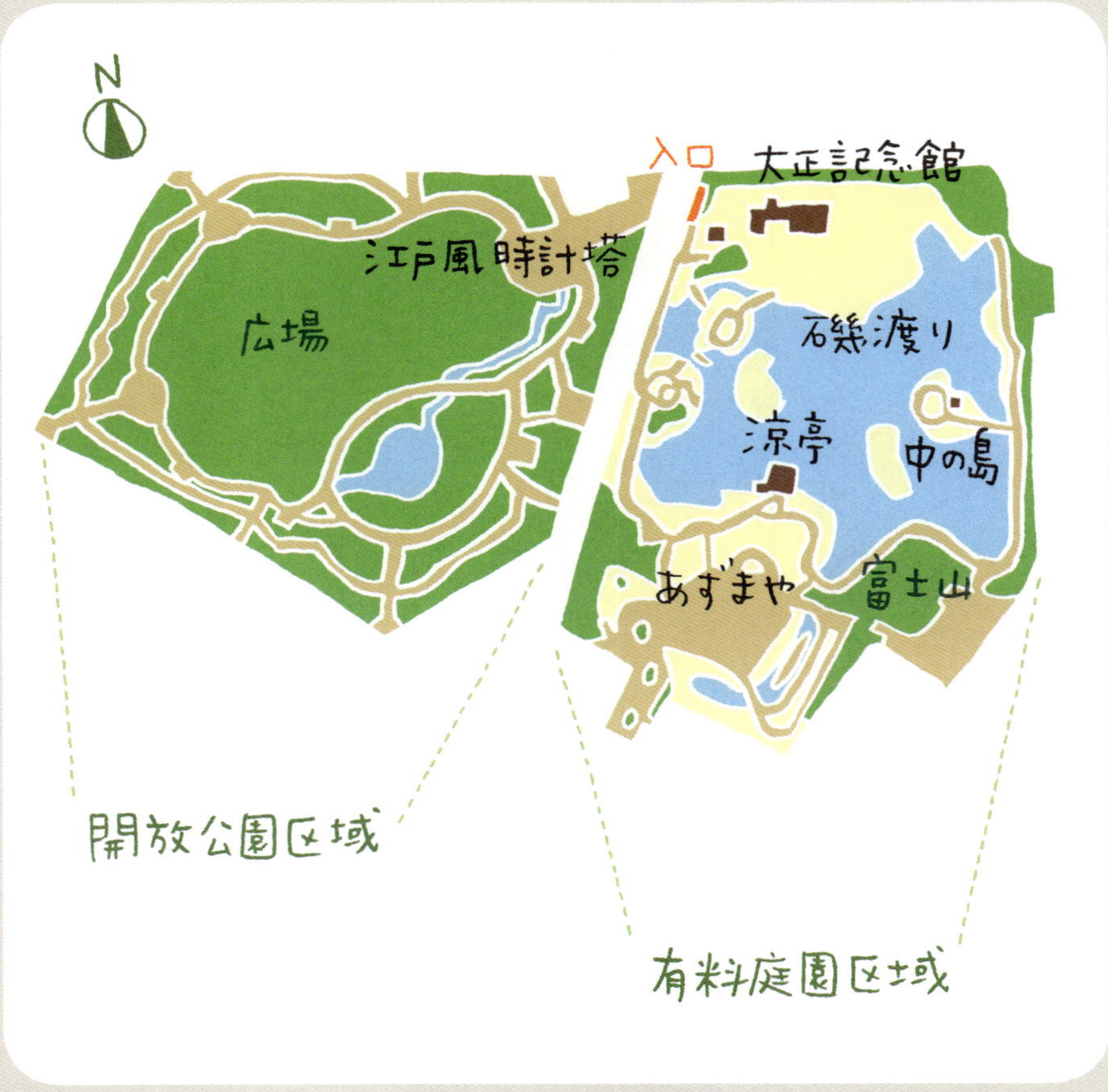

11:00 ムダな言葉の代わりに季語を入れる練習

つぶやいた五七五は俳句のタネ

五七五でつぶやいたり、会話をしたりしながら、1時間散策したところで各々の五七五を見せ合いました。そして、そのなかからなんとか句になりそうなものを、1つずつ組長に選んでもらうことにします。

まずは、ただのつぶやきの五七五からムダな語を探します。状況や句の要になる言葉は残しますが、想像できる表現や嬉しい、悲しいなどの言葉、余分な情報は省きます。単語ではなく、上五・中七・下五のどれかを省いて、そこに季語を入れるのです。

嬉しいな健康的な月曜日

↓季語にする

いいのかな立ち入り禁止に入る人

↓季語にする

大小の石をとことこ磯渡り

「大小の石をとことこ」とあれば「渡り」は不要。

「春の磯」のようにして季語を入れる。

夢中でふらふらと、つい入ってしまった感じを出したくて、「いいのかな」を「シャボン玉」に変えてみました

「覗き見る」を春の季語「山笑う」にしようかな。あっけらかんとしている感じが、自分らしい気がします

季語探しに歳時記を使いましたが、古語で書かれていてすごく難しい……。歳時記にもいろいろあるんですね

（　　）最初から空いている↓季語を入れる

外には出ない営業です

人の句が気になる気持ち覗き見る

（覗き見る）⇊季語にする

季語に自分の気持ちを代弁してもらう

例えば、150頁のいちばん右の句では、「健康的な月曜日」という表現で、「嬉しい気持ち」は伝わってきます。

二番目の句も、「立ち入り禁止に入る人」を見て思った「いいのかな」は省きます。

三番目は「大小の石をとことこ」とあれば「渡り」は省けます。

四番目はすでに上五が空いているのでここに季語を入れ、最後の句は下五を省いて自分の気持ちに似合う季語を入れます。

庭園にある季語に気づく

目に入ってくる季語を探す

季語が気持ちを代弁してくれると知ったところで、今度は五七五をつぶやきながら、季語を探して庭園を歩くことになりました。

ここでは、まず目に入った鷺《さぎ》について、兼光さんが「鷺は、鷺だけでは季語になりません。でも〝青鷺〟なら夏の季語になります。また、鴨《かも》は〝鴨〟だけなら冬、〝残る鴨〟、〝春の鴨〟とすれば春の季語になります。同じ言葉でも、ちょっとした修飾語がつくだけで表す季節が変わってきます」と教えてくれました。さっそく歳時記で調べてみると、「青鷺」は夏、「残る鴨」は春の季語……確かに載っています！

同じように、「落葉」だと冬ですが、春に葉を落とす木もありますから「春落葉」とすれば春の季語になります。また、「剪定《せんてい》」も春の季語なのだそう。

五七五でつぶやきながら歩いているときは、必死で気づきませんでしたが、庭園内には季語があふれていました。

五感をしっかり働かせて季語を体感する

吟行をしながら季語を探すには、季語を体で覚える、五感で感じることが大切なのだそうです。

例えば俳句で「花」といえば、桜のことを指します。「桜」なら桜の花そのものの印象となり、「花」なら絵画的な、格調高い印象となるのです。同じように、「花びら」といえば、俳句では特に桜の花びらを指しますが、散る様子を「落花」「飛花」という春の季語を使って表現すれば、はらはらと散っていく動きを伴うイメージになります。

清澄庭園にあるものでいえば、池もいろいろです。ただの池だけでは季節感はありませんが、「春の池」とすることで、少しぬるい水をイメージできます。これが、季語を体感するということ。そのためには、定点観測が有効なのだそうです。同じところで観察し続けると、季節によってどのような表情を見せるのか、どのような変化があるのかに気づくことができるからです。

仲間のつぶやきも俳句のタネに

吟行をしていると、同じ時間、同じ場所で過ごすメンバーとは、共通して見ているものも少なくありません。一方で、自分では気づかない景色に、ほかのメンバーが目を向けていることもあります。また自分が興味を持ってもなかなか上手に言葉にできずに、もどかしい思いをすることもあるでしょう。

そんなときほかのメンバーが発した言葉が、自分の思いにシンクロするならば、その言葉を拝借してもOKです。

こうして俳句のタネが集まったところで、いよいよ〝はじめの一句〟作りにはいっていきます。

緊張する〜
ほら ごらんよ
ふらふらとルートを外れること多し

13:45 句会に向けて俳句を作る時間

吟行のあとは句会会場へ移動します。お昼を挟んだ13時45分までに三句を仕上げて提出するというのが、この吟行句会の約束事。移動中からお昼にかけては、雑談をする人、歳時記を広げて季語を探す人、昼食を取りながらペンを走らせる人、みんな思い思いに過ごしていました。

とはいえ、頭の中は締め切りで一杯。なんとか俳句に練り上げようと、皆、真剣です。吟行中に得た情報だけでなく、移動中の電車の中や街の看板、昼食にいただいたお弁当についてきたチラシ。こういったものも、俳句のタネになり得ます。

締め切りの10分くらい前からは、さすがに発言も減り、短冊にさらさらと何やら書きつける音が。何やら句会っぽい雰囲気に、素人の私はドキドキし始めました。

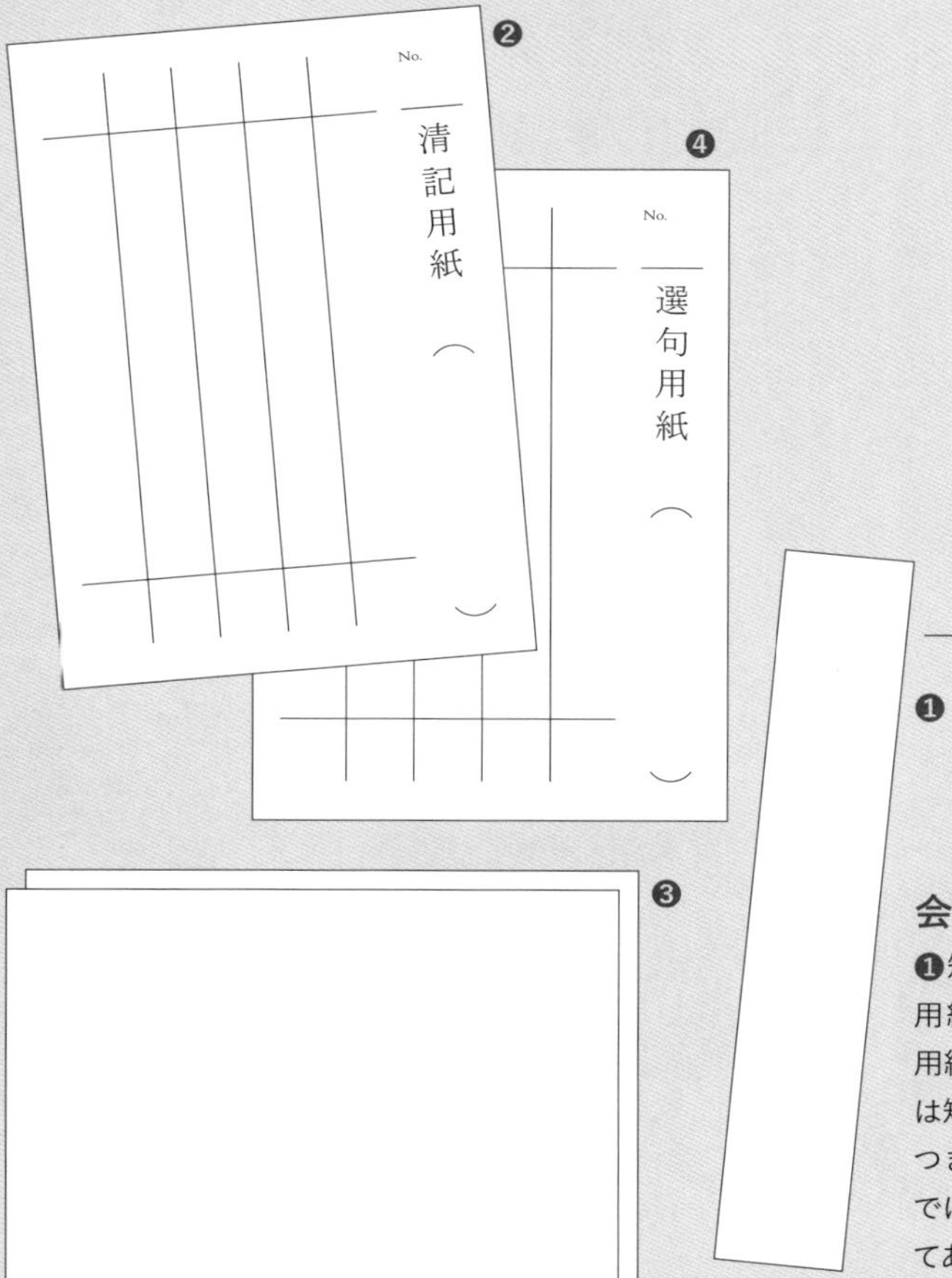

会場においてあるもの

❶短冊、❷清記用紙、❸予選用紙、❹選句用紙の4種類の用紙が用意されています。まずは短冊を受け取って、順次席につきます。句会によっては、すでに席に4種類をまとめて置いてあるところもあります。

投句《とうく》

句会のために、俳句を整えて提出することを投句といいます。無記名で短冊1枚につき一句を書きます。

楷書《かいしょ》で俳句を短冊に書いて提出する

吟行を行い、その後句会をし、自分たちの俳句で楽しむのが吟行句会です。句会は、公民館のような会場はもちろん、会議室などを借りて行う場合もあれば、居酒屋などのお酒の席で行われることもあります。

吟行を終えると、先生や幹事から作った俳句の提出時間が発表されます。その時間までに短冊一枚につき一句書いて提出することを「投句」といいます。今回の句会では、制限時間までに三句を作らなくてはなりません。今回の初心者五人は、投句時間ギリギリまで、頭を抱えながら句を練っていました。

句は、美しい字で書く必要はありません。ただし、誰もが読める楷書で書きます。書き間違えたり、うっかり一文字抜かしたりすることのないよう、慎重に書き写し、見直しましょう。

三句書き終えたら、三つの山に分けて重ねます。全員が出し終えたら、幹事が三つの山を重ね、重ねた束の上から、一人三枚ずつ配っていきます。

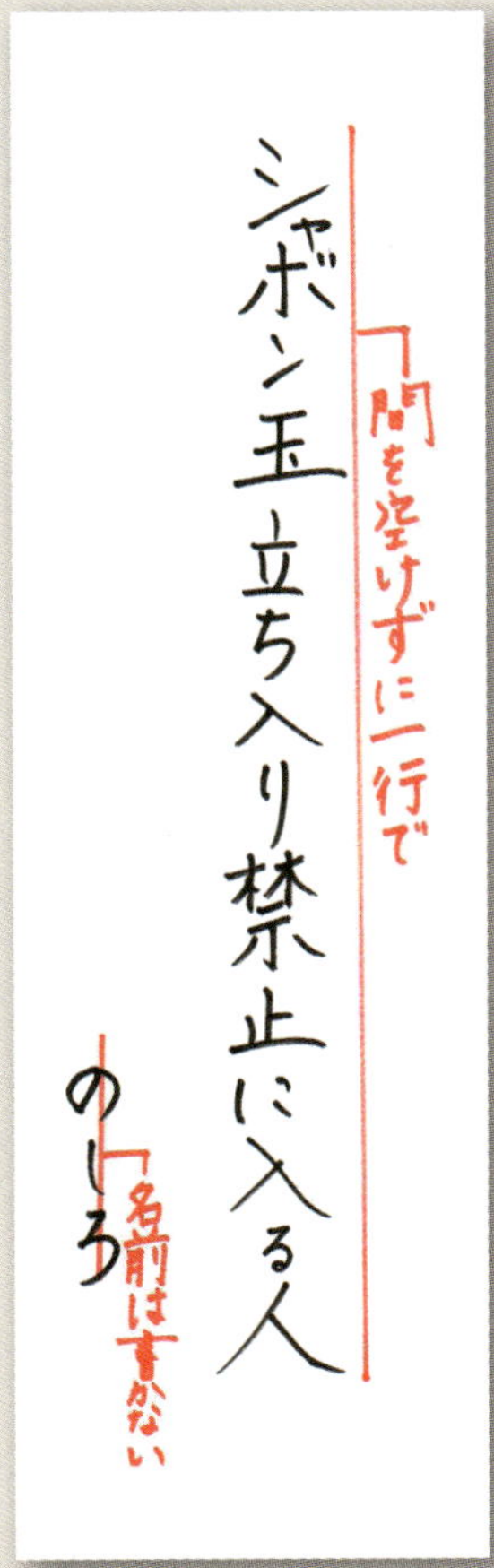
シャボン玉立ち入り禁止に入る人
のしろ
間を空けずに一行で
名前は書かない

短冊の書き方

五七五の間を空けずに一行に一句書きます。大切なのは、決して自分の名前を書かないことです。誰の句なのかわからなくすることで忖度をなくすためです。

どれも凡句なんですが
まだわかりませんよ～
三句を三つの山に一句ずつ置く

清《せい》記《き》

投句された短冊を清記用紙とともに全員に回します。短冊は一人三枚配られ、これを清記用紙に清書をすることを「清記」といいます。

14:00 句会がスタート

真剣

一言一句間違うことなく楷書で誰もが読める字で

清記するのは、筆跡によって、作者をわからなくするためです。

清記用紙には、責任の所在を明らかにするために、まず自分の俳号を書き、配られた短冊の句を書き写します。万が一、書き間違えると、句の作者の意図が正しく伝わらないので、一言一句間違えないように写し、誰にでも読める楷書で書くことが重要です。明らかに間違っている箇所に気づいても、その通りに書き、その横にカタカナで「ママ」と書きます。これは「短冊のそのままに書きました」という意味です。書き終えたら、間違いがないかを必ず確認し、最後に、番号を振っていきます。

番号は、先生や幹事から時計回りに、順番に振っていきます。組長から「一番」、軽寺は「二番」、明里さん「三番」、点色さん「四番」、白波さん「五番」、のしろさん「六番」兼光さん「七番止め」。〝止め〟とは、この句会では番号七が最後の清記用紙という意味です。

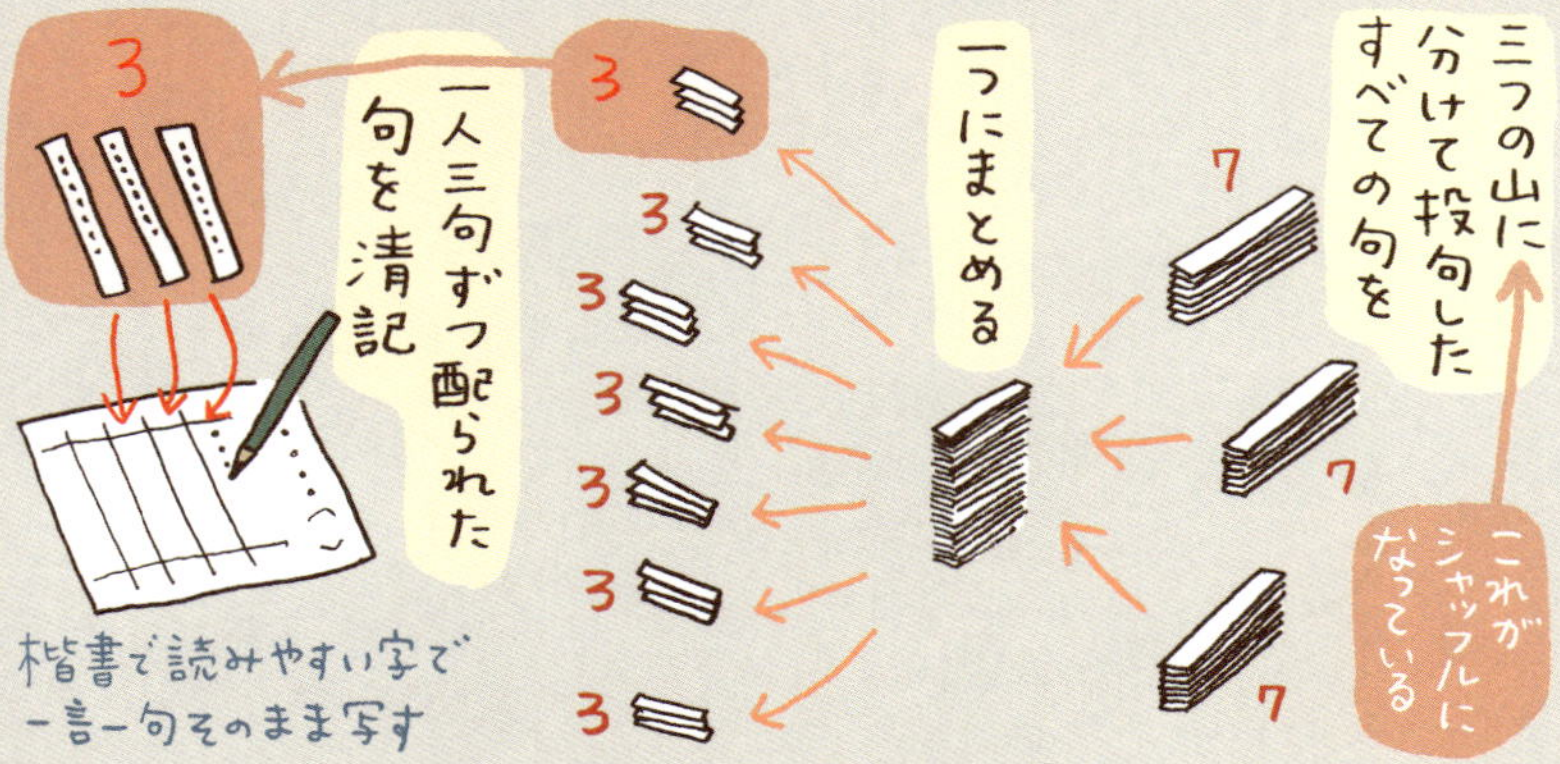
三つの山に分けて投句したすべての句を
これがシャッフルになっている
7
7
7
一つにまとめる
3
3
3
3
3
3
3
一人三句ずつ配られた句を清記
3
楷書で読みやすい字で一言一句そのまま写す

清記用紙は3句だったら3つの山にわけて置きます。素直にいちばん上に重ねること。

幹事役が清記用紙を集めます。このときシャッフルせずにただ重ねることで、作者がバラけます。

読みやすい楷書で

「美しい筆文字で書くべき」というのは愚かな思い込み。読みやすい黒か青のペンで、正しい楷書で書きます。

選者名を書く

「点盛り」のときに誰がこの欄の句を取ったか、ここに記入します。

自分の番号を書く

自分の清記用紙が何番にあたるのか、その数字を清記用紙の文字の上の欄に記入します。

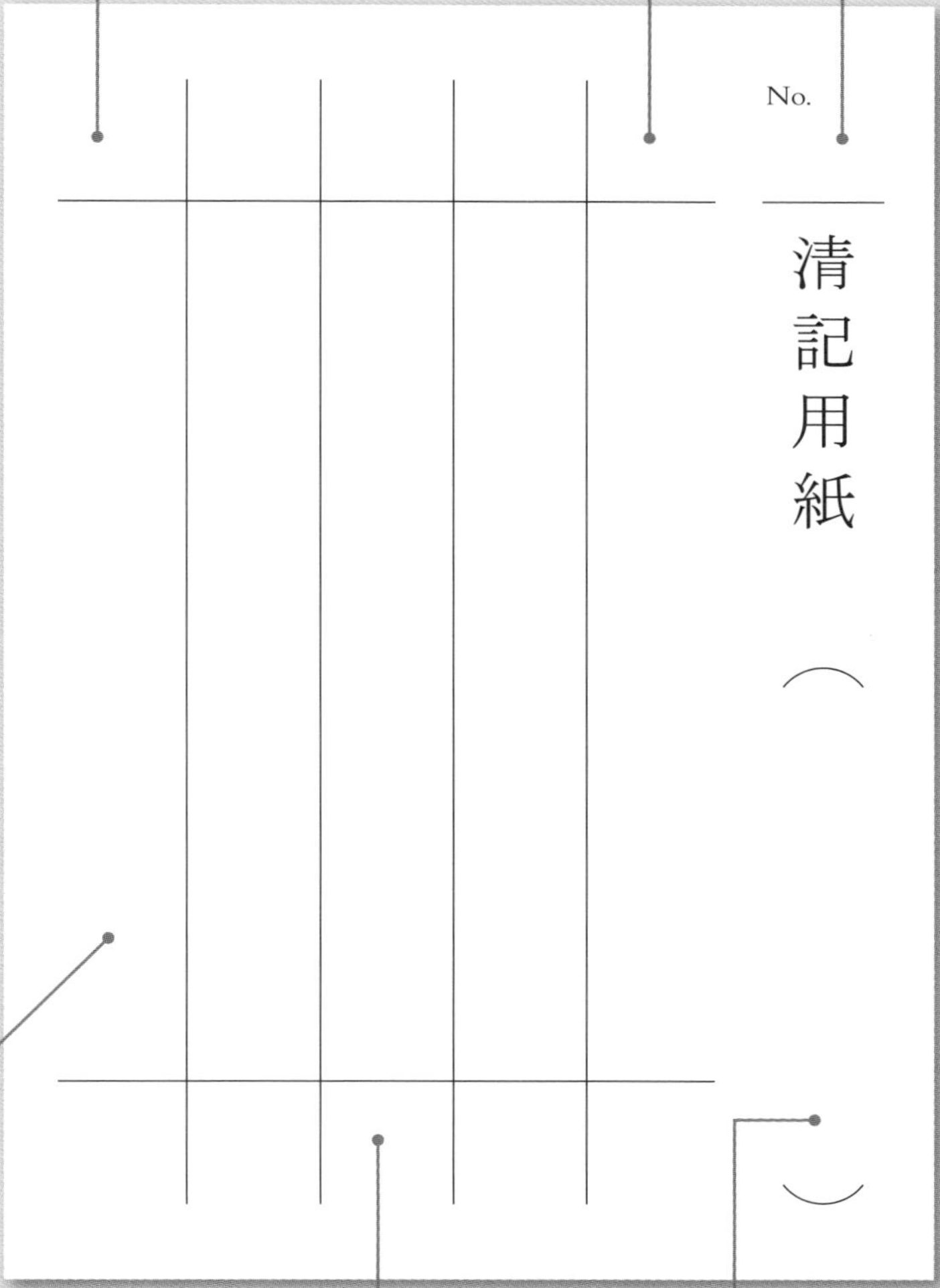

五七五はつなげて書く

俳句は一行に納めて書き、その際、上五、中七、下五の、それぞれの間は空けずに書きます。

作者名を書く

このあと続く句会で作者が明かされたらメモしましょう。

俳号を書く

誰がこの用紙を書いたのかがわかるように、俳号を書きます。この清記用紙の担当者ということになります。

予《よ》選《せん》

気に入った句や、その句のどこが気になっているのかなどをメモしておくと、このあとの選句や合評で役に立ちます。

全体のスピードに合わせて予選を進める

何も書いていない真っ白な紙、2枚が配られました。これは予選用紙といって、自分が気になった句や、どういうところが気になったのかを書き留める、いわばメモです。次に、清記用紙が1枚ずつ回ってきますので、予選用紙に、よいと思った句を書き写します。このとき、気になった句のみ写すのもいいですが、組長は、特に初心者であればあるほど、勉強のためにすべての句を書き写すことをお勧めしているのだとか。

何番の紙に書かれていた句だったのかがわかるように、必ず番号を振りましょう。

もし、すべての句を書き写す場合でも、全体の流れを止めないように、手早く書くように心掛けましょう。書き写すのに時間をかけていると、清記用紙がどんどんたまってしまい「渋滞」を引き起こします。そうならないために、まわりの人とスピードを合わせることも句会では必要な気遣いです。

予選用紙はあくまでに自分にとってのメモなので、速く正確に書くことさえできれば、多少字が汚くても問題ありません。それよりも、勝手に添削して写したり、写し間違ったりしていないかを厳重にチェックしましょう。そして、自分が写し終わったら、自分より番号の小さい人に清記用紙を回します。自分にも次の用紙が回ってくるので、先ほどと同様、用紙の番号と句を書き写します。

例えば明里さん場合、番号は3番なので、3番の清記用紙の句を予選用紙に写したら、2番の私・軽寺に渡し、次に点色さんから回ってきた4番の清記用紙の句を選句用紙に書きます。このようにして一回りするまで作業を続け、7人分の俳句を書き写し、いいな、と思った句にはチェックを入れておくのです。

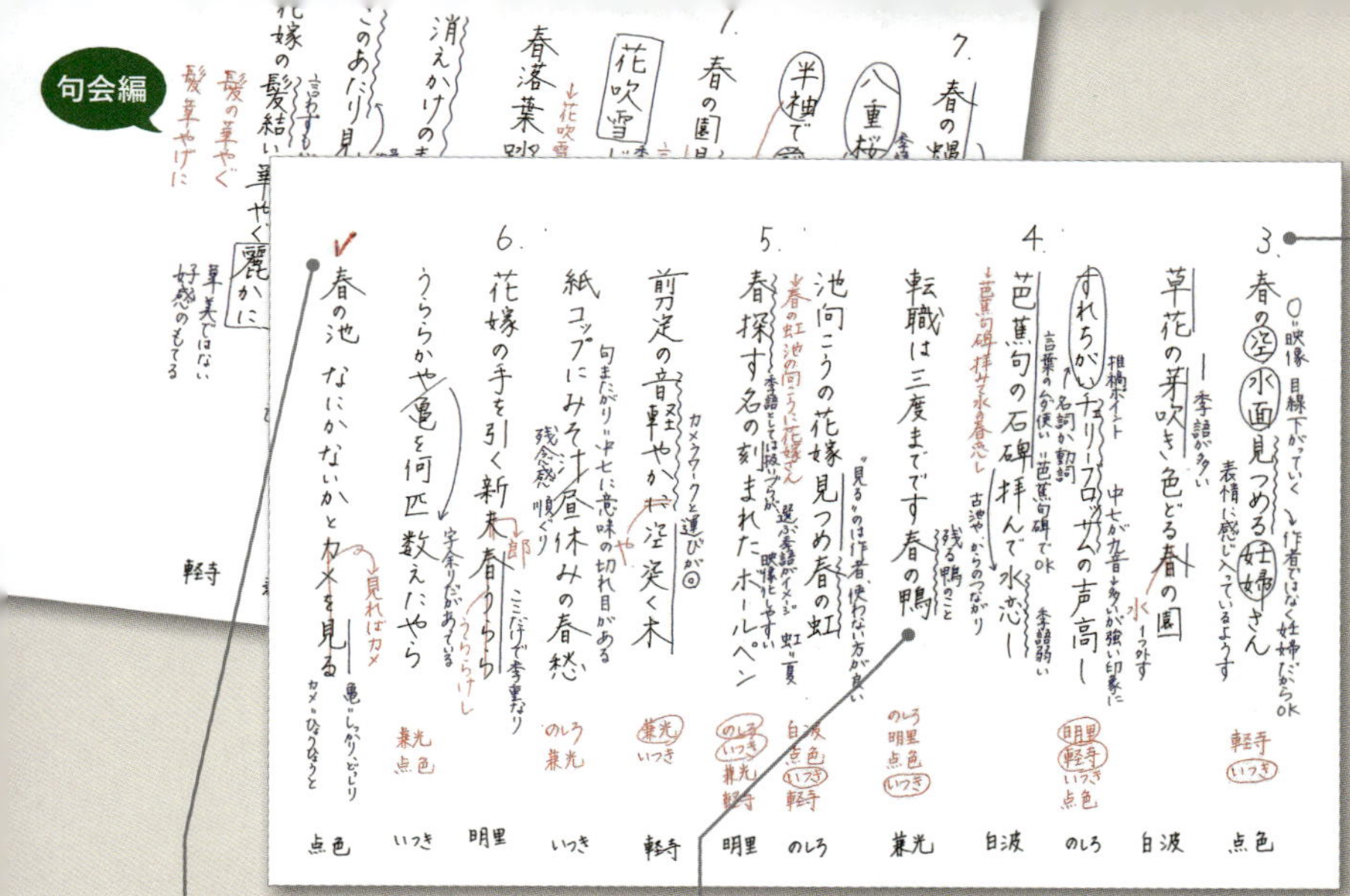

気になる句をチェック

どの句が気になったのか、自分でわかるように印をつけておきます。

三句とも書き写す

清記用紙に書かれた三句を、一言一句間違えることなく書き写します。写し終えたら必ず確認しましょう。

清記用紙の番号を書く

何番の清記用紙に書いてあった句なのかがわかるように、番号も書き写します。

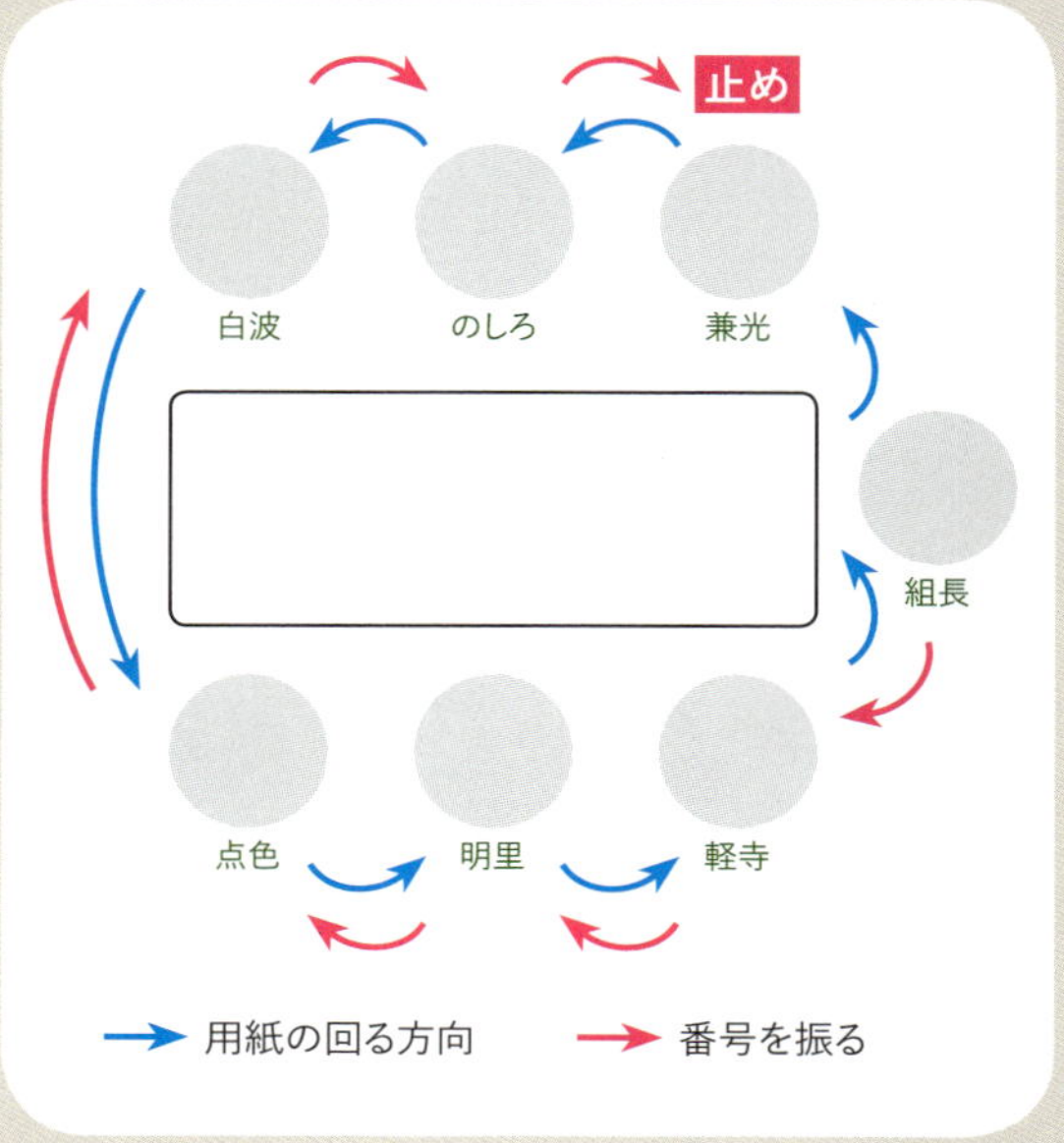

この後、合評（P162〜）の段階で句を選んだ人の名や作者名、皆の感想などをメモしていくとよいでしょう

番号の振り方と短冊の回し方

いろいろなやり方がありますが、ここでは、組長を基点にして赤の矢印の順に番号を振ります。組長は1、私・軽寺は2、明里さんは3、点色さんは4、白波さんは5、のしろさんは6、兼光さんは7。そして自分の番号の紙の句を予選用紙に書き写したら、青の矢印の方向へと回します。

選《せん》句《く》

予選でふるいにかけた句のなかから、自分の特選および並選を決めて、選句用紙を提出します。特選は2点並選は1点で点盛りをし、合計点で競います。

心に響いた句を選句用紙に書き写す

ここで、「選句用紙」が配られます。フォーマットは清記用紙と一緒ですが、これに、あらかじめ予選用紙で印をつけておいた五句を書き写すのです。五句のうち、四句は並選、一句は特選とします。

ここで絶対にしてはいけないのが、自分の句を選ぶこと。自分の句に対するいちばんの理解者は自分なので、選びたくなるのもわかりますが、それをやってしまうと、ゲーム性がなくなり、句会の前提が崩れてしまいます。

選句用紙には、清記用紙の番号も書き写すことを忘れないようにしましょう。

誰がどの句を選んだのかを記録する〝点盛り〟

次に、誰がどの句を選んだのかを記録する点盛りという作業をします。記入した選句用紙は幹事の兼光さんのところに集められ、ほかの人の手元には、清記用紙と予選用紙が残ります。

まず、幹事である兼光さんが、みなさんの選句用紙に従って披講《ひこう》をします。披講とは、それぞれの人が選んだ句を発表する作業です。披講する人は自分の選から発表し、披講する人の点盛りは、隣に座っている人が引き受けます。

点盛りでは、披講する人が清記用紙の番号と句を読み上げると、その清記用紙を担当している人は「はい」と返事をして、誰の選かを記入します（157頁参照）。例を挙げてみると、

兼光さん「兼光選、1番」
組長「はい」
兼光さん「春落葉ふめばゆたかにくづれけり」
組長「いただきました」

という具合です。最後の「いただきました」は兼光さんの選であることを、清記用紙に記入し終わりましたという合図です。同じ要領で、参会者全員分の披講を兼光さんが行います。

先ほどもいいましたが、今回の選句は一人五句でした。ただし指導者側だけは、数を決めずに、いい句をすべて発表することが多いのだとか。今回の句会では、組長から特選二句、並選五句、計七句の発表がありました。

番号の小さい順から書く

気になった句を書き写す際に、清記用紙に書かれた番号の小さいものから順に書きます。

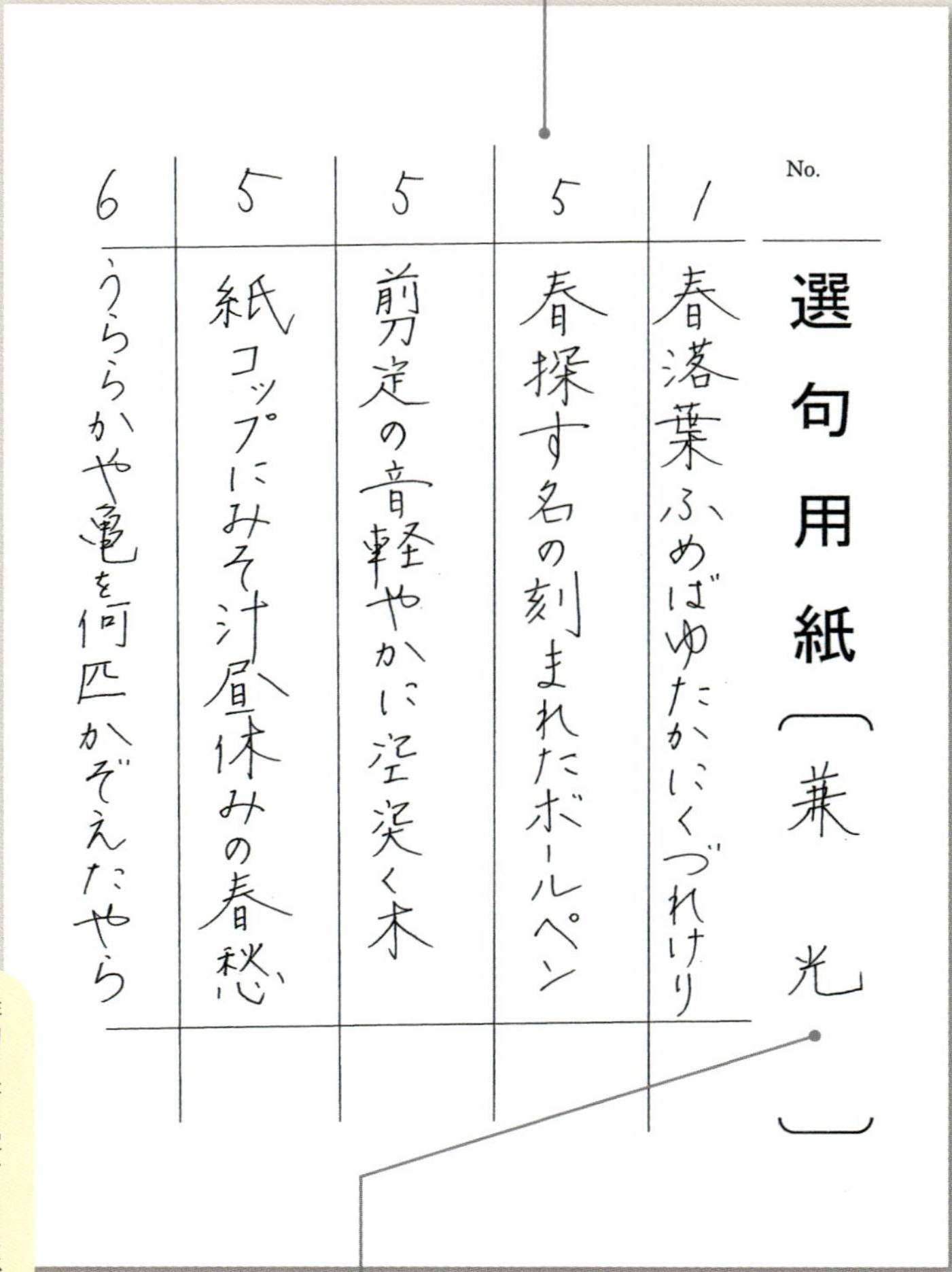

No.

選句用紙

〔兼光〕

No.	句
1	春落葉ふめばゆたかにくづれけり
5	春探す名の刻まれたボールペン
5	剪定の音軽やかに空突く木
5	紙コップにみそ汁昼休みの春愁
6	うららかや亀を何匹かぞえたやら

俳号を忘れずに

誰が選んだ句なのかがわからなくなってしまうので、必ず俳号か名前を書きます。

俳句を書き写すときは、一句を一行に納めて、上五中七下五の間は空けずに書きます。

合《がっ》評《ぴょう》

みなさんの句について、感想を語り合うのが合評です。
句会によっては、合評がなく、選だけの場合もあります。

意見を聞いてブラッシュアップする

発表された句についてさまざまに語り合う

合評は、自分が選んだ句について理由や感想を述べて、句のいいところを深める場、つまり、句について、さまざまな感想を語り合う場です。句会によっては合評がなく、先生や指導者の立場にある人が、選んだ句を公表し、選評するだけの場合もあります。その場合、幹事が選句用紙を集めて、句会報を作ることも多いようです。

また、逆に、指導者や先生がおらず、同じくらいのレベルの人たちが集まる形の句会もあります。

先生や指導者の選だけで、参加者の議論がない句会の場合は、披講を担当する人が句を読み上げたときに、「のしろ」と、自分の句であることを示します。これを「名乗り」といいます。もちろん、合評がない句会もあるように、名乗りのない句会もあるので、慣れるまでは、「この句会では何をどこまでやるのか」を確認しておいたほうが安心です。

忖度をなくした公平な評価指導

では、夏井組長が指導する句会をみていきましょう。進行は、組長か披講を担当した人が取り仕切ります。今回は、兼光さんに担当してもらいました。

合評は、清記用紙の1番から順に行います。例えば、清記用紙1番の1の句について「『春の園見るもの同じ語は違う』。白波さんが選んでいます。どういうところがいいと思いましたか？」などと聞かれますので、白波さんが意見を述べます。次に組長が意見やアドバイスを述べたあと「これは誰の句？」と聞かれますので「点色」と、俳号で名乗ります。

最初は思わず「私です」「はい」などといっていた初心者五人でしたが、披講と合評、名乗りを繰り返していくうちに、皆少しずつ、慣れてきました。どの句が誰の句なのかは、名乗りまではわかりません。そのため、純粋で公平な評価をすることができます。

合評は、自分の句を高く評価してくれた人が何人いたのかを一喜一憂するのが目的ではありません。ほかの人の合評もしっかり聞いて、俳句のスキルアップを図りましょう。

いいじゃない！
これは誰の句？
点色です
俳号で名乗る
組長が意見やアドバイスを述べたあと、
ほめられた〜

句会のアドバイスは句をブラッシュアップするヒントに

まず、いろんな人が自分の句に感想をいってくれるため、客観的にどう読まれたのかを知ることができます。自分が伝えたいことが伝わってない、あるいは自分でも気づかなかった新しい解釈が生まれる場合もあります。それらの意見をもとに、句を推敲《すいこう》し、ブラッシュアップしていくことができます。

また、先生や指導者から「こういう表現にしたほうがいいのでは」「語順を変えたらどうか」などのアドバイスがあることもあり、句を推敲する格好のヒントになります。

句会という場で言葉の使い方を吟味し、たくさんの季語に触れることで、自分自身の語彙を増やす勉強にもなります。語順を変えるということは案外大切で、同じことをいっていても、語順が違えば句の印象はガラリと変わります。俳句を組み立てるテクニックの引き出しを増やしていきましょう。

さらには、人の句も練習台にすることができます。別の季語を探してみたり、上の句、中の句、下の句のどれかを入れ替えてみたり、推敲の真似事をしてみることもできます。これが案外、いい練習になるのです。

こうして句会で完成させた句は、公の場で発表する準備が整ったということになります。ただし、いいな、と思った他人の句を、ブログやフェイスブックなどのSNSに投稿したりするのはルール違反です。あくまで発表するのは本人。著作権も本人に属します。出来上がった句をエクセルやノートで、管理する人もいます。自分で作った句を大切にすることを覚えましょう。

並

春の園見るもの同じ語は違う

作者／点色さん　選者／白波さん

庭園の様子を表現したかったが、うまくできなかったという白波さんからの1点が入っています。こういう共感を生むのは吟行句会ならでは。組長：「明るい様子を表現する『春の園』という語がいい。ただし、「見る」のは作者の動作として当たり前なので不要」

特

花吹雪じっとみる様《さま》鷺のよう

作者／白波さん　選者／点色さん

池にいた鷺《さぎ》について書きたいなと思っていたという点色さんがこの句を選んでいます。組長：「もったいないのは『じっとみ(見)る』。作者の行動なので不要な語です。これを省いて『花吹雪ながむや』としてつながりを切り、『鷺のごとじっと』とすると、鷺の動かない様子が表現できます」

並 並 並 並 並

春落葉ふめばゆたかにくずれけり

作者／組長　選者／兼光さん、明里さん、白波さん、軽寺

「ゆたかにくずれけり」が春のやわらかさが伝わるいい句だと全員一致。この句は、春落葉についてだけで一句読んでいる「一物仕立て」という作り方です。また、中七、下の句がすべてひらがなで書いてあるのも、春のやわらかさを表現するひとつのテクニックです。

並 並

消えかけの青文字書き足す散り桜

作者／のしろさん　選者／組長、明里さん

「『青文字書き足す』は、桜が散ると同時に葉桜になっていく、その葉の差し色を青文字と表現したのではないか」と解釈した明里さん。葉桜になりかけた桜を自分自身も見ていたので、桜の美しさと、葉になりかけて季節が変わりゆく様子を言い当てた春らしさを評価していました。

組長：「『消えかけの青文字』を何に『書き足す』のかがわかりづらいところが少々残念ではありますが、『青文字が消えかけている』『桜が散っている』、この二つの情景が目に浮かぶ、非常に詩的な表現の美しい句です。最後の『散り桜』という季語を、『散る桜』『桜散る』にすると、花びらが散っている美しい光景になります」

並 並

このあたり見せられません蝶の昼

作者／兼光さん　選者／組長、明里さん

「見せられません」というのは、何が見せられないのか、そこを知りたくて興味がそそられたという明里さん。

組長：「この句でも『見る』が出てきますが、この場合は『見せられません』と言い切っているので、必要な言葉になります。そして、見せられないところを蝶だけは軽々と入っていき、『このあたり』は蝶だけが知っている世界という神秘的な句にも読めます。また、『蝶の昼』という季語を使うことによって、蝶がひらひらと飛んでいる軽やかさや、楽しそうに飛んでいる様子、色とりどりの羽根の模様をイメージさせる、春の明るい感じが伝わってきます」

花嫁の髪結い華やぐ麗かに

作者／軽寺　選者／組長

組長：「庭園で見かけた花嫁のことを詠んでいる句です。こうした非日常的な光景を見かけたら、頭のてっぺんから足の先までよく観察すると、俳句の材料を見つけられます。ただ、花嫁が髪を結い上げていることは当たり前で想像がつくので『髪結い』は、言わずもがなという感じがします。『花嫁の髪華やげり』とすると、すっきりさせながらも、華やかさが出ます。『麗らかに』という季語によって、品よく生花を散らした髪飾りが、華美ではなく、好感の持てる華やかさであることが伝わってきます。人によって花嫁から受ける印象は異なるので、自分なら何を入れるのか、考えてみるのもよいでしょう」

特　並

春の空水面見つめる妊婦さん

作者／点色さん　選者／組長、軽寺

春の空のもと、妊婦さんが静かな池の水面を見つめている穏やかな様子も伝わってくると選者の軽寺は感じました。

作者である点色さんいわく、『春の空』は明るい雰囲気というより、移ろいやすい空模様を出したかったそうです。

組長：「『春の空』で視点を上に向けさせて、『水面』『妊婦』と視点を下げてから人物へとフォーカスしています。広い景色から人物へと、対象が次々に変わって流れるような映像を描いているのがおもしろい句です。俳句では『見る』はあまり使わないということを前の句でもいいましたが、この場合、見つめているのは作者ではなく妊婦さんなので、そのまま生かします」

草花の芽吹き色どる　春の園

作者／白波さん

組長：「『芽吹き』と『春の園』と季語が二つあるので、どちらかをはずさなければいけません。『草花の』とあるので『芽吹き』を生かし、『春の園』を『水の園』に変えると、池のある場所だと想像できるし、水面に春の光が反射する映像が目にうかび、美しい句になります」

特　特　並　並

すれちがいチェリーブロッサムの声高し

作者／のしろさん　選者／組長、点色さん、明里さん、軽寺

異国人や多言語が満ちたにぎやかな庭園内で、存在感のある桜がある風景が目に見えるところがいいと、点色さん、明里さん、軽寺の意見が一致。

組長：「『チェリーブロッサムの声高し』だけで清澄庭園の様子が手に取るように伝わってきます」

芭蕉句の石碑拝んで水恋

作者／白波さん　選者／組長

組長：「『芭蕉句の石碑』は文字のムダ遣いです。ここは『芭蕉句碑』とすれば十分石碑であることが伝わります。また水だけでは春の季語として弱いので、『拝み手水の春恋し』とすることで、季節感もはっきりするし、水の美しい春の様子も同時に伝わります」

特 並 並 並

転職は三度までです春の鴨

作者／兼光さん　選者／組長、明里さん、のしろさん、点色さん

「転職は三度までです」と、転職を繰り返してやや切羽詰まった印象を与えます。しかし、季語に「春の鴨」を使うことで、悠々と鴨が進んでいる様子が目にうかび、一転、のんびりとした印象に。上句と中七と下の句が対比になっていておもしろい句だと四人が賛同しました。

特 並 並 並

池向こうの花嫁見つめ春の虹

作者／のしろさん　選者／組長、白波さん、点色さん、軽寺

明るい未来のある花嫁の様子に四人が共感しました。

組長：「作者が『見つめ』という動詞は不要とのこと。また、『春の虹池向こうに花嫁さん』と語順を変えると、頭上にある春の虹から池、花嫁へと視点が変わり、美しい一枚の絵になります」

特 特 並 並 並

春探す名の刻まれたボールペン

作者／明里さん　選者／組長、兼光さん、のしろさん、軽寺

「名の刻まれた」という表現から、思い出の大切なボールペンであることが明確に受け取れる句として四人が評価。

組長：「春探すという難しい季語を使い、特別なボールペンが春を探しているという句を作る情景が浮かぶとてもいい句」

特 並

剪定の音軽やかに空突く木

作者／軽寺　選者／組長、兼光さん

組長：「『音軽やかに』はやや大げさな表現にも思えますが、『空突く木』という表現が大きな木だけに焦点を絞り、ぬ〜っとそびえ立つ様子が伝わってくる。また、『音軽やかや』と、『や』を使って強調することで、『空突く木』が際立つ」

並 並

紙コップにみそ汁昼休みの春愁

作者／組長　選者／兼光さん、のしろさん

紙コップにみそ汁と日常ではない情景を詠っているのがおもしろい句と二人の意見は一致。兼光さんは、「春愁」という春の憂いが、「紙コップにみそ汁」の残念感を表わしていますね、と。さらに中七と下五で意味が分かれる句またがりという手法は、上級者の証とのこと。

花嫁の手を引く新夫春うらら

作者／明里さん　選者／組長

組長：「『新夫』と聞くと、『新婦』と間違えてしまうので、字余りになっても『新郎』を使ったほうがいい。『春』も『うらら』も春の季語になるので、季重なりになっている点に注意。下五を『うららけし』と形容詞にすることで、やわらかい印象の句になります」

特　並

うららかや亀を何匹かぞえたやら

作者／組長　選者／兼光さん、点色さん

作者／点色さん

春の池なにかないかとカメを見る

並　並

春の蝿都営新宿線こちら

作者／兼光さん　選者／組長、のしろさん

池の亀を見ながら何か読みたいなと思っていた点色さんにとっても、自分の思いにぴったりだったよう。兼光さんは下五を「かぞえたやら」と字余りにすることで、春のうららかさだけではなく、けだるさまでも表現していることを大きく評価していました。

組長：「初心者は『見る』や『眺める』を使ってしまいがちです。繰り返しますが、作者の行為の場合は、俳句では使わないことがほとんどです。見直す際のポイントにしてください。下五を『見ればカメ』にすると収まりがよくなり、また、カタカナで表記することで飄々とした印象を与えます」

ラッシュ時の満員電車の中を蝿がすり抜けていく感じかなと思いきや、都営新宿線こちらと想像していない言葉が続き、意表を突かれたというのしろさん。

組長：「『春の蝿』という飄々《ひょうひょう》とした感じと、『都営新宿線こちら』という看板の文字の取り合わせがおもしろい」

特 並 並

八重桜つぼみ引き寄せ異国人

作者／軽寺　選者／組長、白波さん、のしろさん

八重桜に群がる外国人を自分たちも見たというのしろさん。また、日本人なら桜の枝を触ったり、つぼみを引き寄せたりはしないのに、つい引き寄せてつぼみを見たくなってしまった外国人の様子を見ていたので共感したという白波さん。

組長：「『八重桜』と『異国人』の組み合わせがおもしろく、その間の『つぼみ引き寄せ』という句がカメラのシャッターを切っているようで、いきいきとした表現につながる。こういった、全員が見ていた光景を取り上げている句は、中七に気持ちや情景を表す言葉をいろいろ入れてみましょう。バリエーションの練習になります」

並

半袖で剪定仕切る春暑し

作者／明里さん　選者／白波さん

日ざしが強くて暑かったので、思わずシャツの袖をまくり上げたという白波さん。気分は、「春暑し」だったようで、気分にぴったり合う句として評価。

組長：「『半袖』『剪定』『春暑し』はすべて春の季語で、季重なり。季重なりになってしまった場合は、どの季語を優先させるのかを決めて、他の句を置き換えます。たとえば、『春暑し』を主役とするならまず、『剪定』を『庭仕事』『半袖』を『親方』『若者』『女や』など人物に置き換えて、季語を主役のひとつに残します。『庭仕事仕切る親方春暑し』で、だいぶ情報が整理された句に添削できました」

吟行句会を終えて

俳句の知識がない俳句素人で、吟行も句会もできれば
やりたくないというのが正直な気持ちだったというメンバーたち。
不安だらけの、いわばマイナスからのスタートでした。
けど、終わってみれば全員が、三句を作ることができたのです。
句会が終了したメンバーの笑顔は晴れやかで、
「楽しかった」という感想が口々に出るほど。
この1日の吟行句会体験で、感じた魅力や楽しさを語ってもらいました。

マイナスから ゼロにする体験

この吟行句会は、俳句の初心者どころか、一句も作ったことのない五人が集まって行いました。季語を入れて、五七五で詠めばいい――そういわれても、何を「詠め」ばいいのか、頭が真っ白。いわば俳句レベルマイナススタートの私たちを夏井いつき先生が「とりあえず一句詠む」というゼロ地点まで引き上げること。それが目標でした。

五七五で会話をするところから始まり、どこかを季語と入れ替える。これは「取り合わせ」(82頁参照)というテクニックの一つだそうです。ほかには、庭園で気になった季語を一つだけ選び、その一つについて句を作る「一物仕立て」もあるそうです。こうして「取り合わせ」の型を学んで、なんと

不安しか感じていませんでしたが、「再入場できません」の看板ですらヒントになるといわれて、気がラクになりました

天気のよい月曜日、朝から公園を散歩するなんて、それだけでも気持ちが晴れました

頭のなかでは五七五にまとめたつもりが、言葉にすると、なかなか決まらず。時間は限られているし、焦るばかりで……

そもそも俳句レベルをマイナスからゼロにする。そんなことが本当にできるの？ って半信半疑でした
つぶやいた五七五に季語を入れる作業をして、はじめて俳句らしくなって嬉しかった。ここで不安が少し消えました
けど、五七五をつぶやきながら季語を探していたらパニックに！ どうして僕は一つのことしかできないのかと……

か句を仕立てました。

句会では、はじめての雰囲気に触れ、ほかの人の句を聞き、学ぶことはたくさん。「その情景、私も詠もうと思っていた！」「この季語は、使うの難しいと思ったけど、あの人は上手いな」といった発見があったり、先生やまわりの人のアドバイスで「なるほど、こう言い換えればいいのか」「語順を変えるだけで印象が変わるな」と気づいたりしました。

まがりなりにも一句作って、ほかの人の句を鑑賞、吟味して、感想をいう。これが俳句のゼロ地点、つまりスタートです。何でもそうですが、俳句も続ければ続けるほど、プラスになっていきます。この吟行句会体験は、夏井先生に手を引かれ、五人がゼロ地点に立った日となりました。

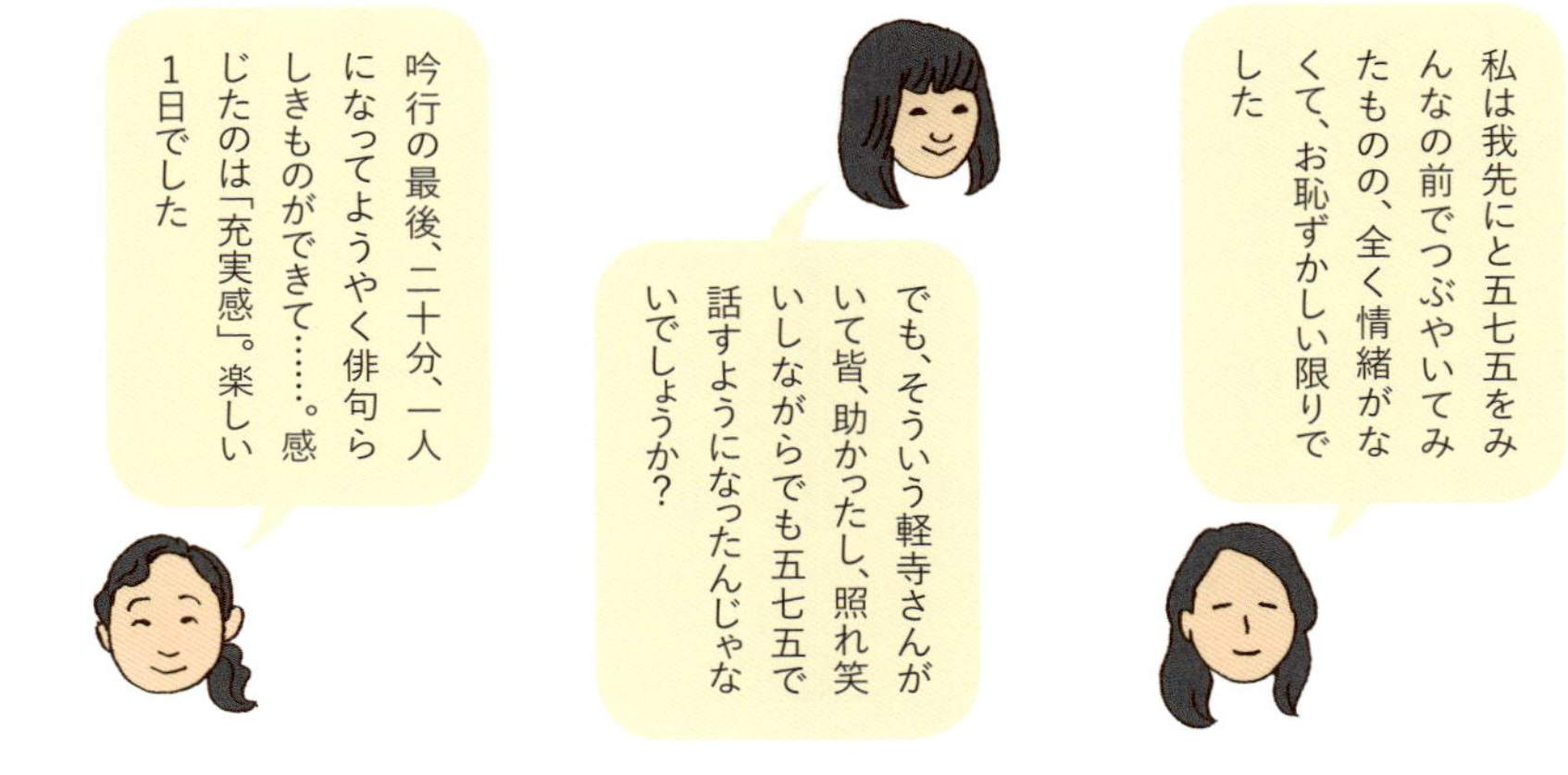
私は我先にと五七五をみんなの前でつぶやいてみたものの、全く情緒がなくて、お恥ずかしい限りでした
でも、そういう軽寺さんがいて皆、助かったし、照れ笑いしながらでも五七五で話すようになったんじゃないでしょうか？
吟行の最後、二十分、一人になってようやく俳句らしきものができて……。感じたのは「充実感」。楽しい1日でした

おわりに

「俳句って楽しい！」

そう思えるようになったら、一日でも躊躇していたら、もったいないです。何でもそうですが、俳句は、思い立ったが吉日！　いつでも始められます。

俳句をはじめた人たちは皆、「なぜもっと早くはじめなかったんだろう！」と口々におっしゃいます。その思いを後押しできるように、少しずつ階段を上っていけるように、私は仲間たちと出版計画を推し進めています。

夏井いつきの俳句入門的著書において、本書『夏井いつきの　俳句ことはじめ　俳句をはじめる前に聞きたい40のこと』は、俳句の国の扉を開くための一冊です。

❶俳句前夜本『夏井いつきの　俳句ことはじめ　俳句をはじめる前に聞きたい40のこと』
❷俳句入門本
❸俳句中級本
❹俳句上級本

「俳句の国の扉は重い、重～い鉄扉だ」と思い込んでいたけれど、実はそれが妄想であることをお伝えするのが、❶である本書。もっと気軽に扉を開けてよいのだ！　という思いを、まわりの皆さんにも是非伝えてください。

そして❷は、「俳句の授業」というコンセプトで、すでに出版されています。書店で探してみてくださいね！

さらに❸や❹についても、各社の協力のもと、準備を進めております。

俳句は、一人でやっていてもなかなか上達しません。どこかに投句して、その結果から学ぶのが有効です。❶の本書、そして❷を読み終わったら、思い切って、句会や講座に参加してみましょう。そこには、刺激的な示唆という学びや、温かい句友たちとの交流という楽しみもあります。

俳句のある生活がどんなに豊かなものであるか、それを体験できる日がいよいよ近づいてきます。

どこかの句会や句会ライブでお目にかかれる日を楽しみにしていますよ。

２０１８年12月　夏井いつき

夏井いつき（なつい いつき）

昭和32年生まれ。松山市在住。中学校国語教諭として8年間務めた後、俳人へ転身。「第8回俳壇賞」受賞。俳句集団「いつき組」組長。創作活動に加え、俳句の授業「句会ライブ」、「俳句甲子園」の創設にも携わるなど幅広く活動中。TBS系「プレバト!!」俳句コーナー出演などテレビ・ラジオでも活躍。松山市公式俳句サイト「俳句ポスト365」、朝日新聞愛媛俳壇、愛媛新聞日曜版小中学生俳句欄、各選者。2015年より初代俳都松山大使。『句集 伊月集 龍』（朝日出版社）、『句集 伊月集 梟』（マルコボ.コム）、『夏井いつきの「月」の歳時記』（世界文化社）、『夏井いつきの世界一わかりやすい俳句の授業』（PHP研究所）など著書多数。

夏井&カンパニー 句会ライブ
https://www.natsui-company.com/category/live/

本書に関するお問い合わせは、書名・発行日・該当ページを明記の上、下記のいずれかの方法にてお送りください。電話でのお問い合わせはお受けしておりません。
・ナツメ社webサイトの問い合わせフォーム
　https://www.natsume.co.jp/contact
・FAX（03-3291-1305）
・郵送（下記、ナツメ出版企画株式会社宛て）
なお、回答までに日にちをいただく場合があります。正誤のお問い合わせ以外の書籍内容に関する解説・個別の相談は行っておりません。あらかじめご了承ください。

Staff

本文デザイン・装丁
木村由香利（NILSON）

イラスト
川口澄子（水登舎）

編集協力
有限会社ヴュー企画
（佐藤友美）

株式会社夏井&カンパニー
（伊藤久乃／八塚秀美／
ローゼン・千津）

協力
岸本葉子（対談）

峯澤美絵（体験記取材）

編集担当
齋藤友里
（ナツメ出版企画株式会社）

夏井《なつい》いつきの　俳句《はいく》ことはじめ
俳句《はいく》をはじめる前《まえ》に聞《き》きたい40のこと

2019年 2 月 5 日　初版発行
2023年 3 月20日　第７刷発行

著　者　夏井《なつい》いつき
発行者　田村正隆
発行所　株式会社ナツメ社
　　　　東京都千代田区神田神保町1-52　ナツメ社ビル1F（〒101-0051）
　　　　電話 03-3291-1257（代表）　FAX 03-3291-5761
　　　　振替 00130-1-58661
制　作　ナツメ出版企画株式会社
　　　　東京都千代田区神田神保町1-52　ナツメ社ビル3F（〒101-0051）
　　　　電話 03-3295-3921（代表）
印刷所　広研印刷株式会社

ISBN978-4-8163-6584-3　Printed in Japan